Hans Poignée

Der Tote im Baggersee

Ein Ettlingen Krimi

Buchcover unter Verwendung eines Fotos von Hans A. Poignée

© 2021, Hans A. Poignée
Herstellung und Verlag: BoD – Books on Demand,
Norderstedt
ISBN: 9783754342527

Vorwort

Eine Wasserleiche im Baggersee

Ein übereifriger Reporter, der der Pharmaindustrie auf der Spur ist, ein Arzt, der seine Einnahmen optimieren muss, ein Oberbürgermeister, der zwischen den Interessen von Banken und Bürgern vermitteln möchte, ein geheimnisvoller Flaschensammler, der nicht das ist, was man von ihm hält, ein Bahnwärter, der ein Blutbad verhindert, das Monster von Horbach und, ein wunderbarer Pianist, ein charmanter Rechtsanwalt, ein hilfreicher Professor, ein antiquierter Ökomediziner, eine Arzthelferin, die der Polizei auf die Spur hilft.

Diese kleine Stadt Ettlingen lebt, vibriert, will größer werden und geht gestärkt aus Krisen hervor.

Und hinter allem dieser Tote und der ermittelnde Kommissar Steiner. Welche Rolle spielten die Recherchen dieses Martin Voglers, welche Ziele verfolgt der Arzt Erwin Weinlaub, der nicht der einzige ist, der den „unaufhaltsamen Aufstieg" anstrebt. Wird die Polizei diesen Fall lösen können?

Ich möchte dieser Stadt, in der ich seit 1960 lebe, ein Denkmal setzten, nicht für eine einzelne Person, nicht nur für die lange Historie, sondern den vielen unterschiedlichen Menschen, von denen ich ein paar kennengelernt habe. Alle sind in Rollen geschlüpft, keine Person ist real.

Ettlingen, im August 2021

Hans Poignée

Tornado

Als am 7. August 2019 die Medien eine Unwetterwarnung für Ettlingen sendeten, war man sich nicht einig, ob es ein Tornado werden könnte. Martin Vogler fühlte sich sicher. Er stand im Esszimmer hinter dem Fenster und hoffte auf ein Wunder. Vor dem Fenster drehten sich riesige Wedel, wie sie in Autowaschanlagen als Monster um das Auto herumkreisen und dabei Unmengen von Wasser verspritzen.

Es hörte nicht auf. Er konnte den Druck gegen die Scheibe spüren. Es sind extrem stabile Scheiben mit modernen Kunststoffrahmen, aber er fürchtete, die Rahmen würden aus der Mauer gerissen.

Daran erinnerte er sich an einem wunderschönen Sommertag im Juli 2020. Vielleicht, weil der Pfad zum FKK-Platz am Sulzbacher Baggersee noch immer von zerfetzten Bäumen gesäumt war. Als er seinen Platz erreichte, war die kleine Wiese, dazwischen einige Pappeln, schon belegt mit etwa 20 Nackedeis. In dieser Umgebung fühlte er sich geschützt. Dort würde sich niemand den Spaß erlauben, seine Kleidung zu verstecken. Er streckte sich im Halbschatten aus, blickte über den See und vertiefte sich in sein Buch. Zwischendurch schwamm er mehrmals im kühlen Wasser, kraulte, legte sich auf den Rücken, tauchte. Das war sein Element. Er erinnerte sich an die Radtour von Paris nach London die sein Leben verändert hatte.

Drei Stunden später hatten sich die anderen Gäste verabschiedet.

Die Abendsonne verschwand, danach wanderte sie als Abendrot durch den Wald am gegenüberliegenden Ufer. Die Färbung erfasste die braunen Stämme, die Äste färbten sich röter, schließlich purpur. Ein Leuchten überzog den glatten See. Ein mächtiges Glühen ging durch die Baumkronen. Vogler bereitete sich auf seine Fahrt vor. Legte die Kleidung sorgfältig zusammen, versteckte seinen Fahrradschlüssel im Gebüsch. Er balancierte über die glitschigen Steine und blickte auf den nachtschwarzen See hinaus. Fast glaubte er ein Boot zu sehen, auf dem der graue Charon in die Ferne blickte. Schließlich glitt Vogler lautlos in das dunkle Gewässer.

Kalte Dusche für Weinlaub

September 2020. In der Personaltoilette rieb sich Dr. Weinlaub das Gesicht mit kaltem Wasser ab. Er schaute in den Spiegel. Dunkle Ringe hatten sich um seine Augen gelegt. Es blieben ihm noch fünf Minuten, bevor die ersten Patienten eintreffen.

Er wusste nicht mehr aus und ein. Sein Beruf, sein Ansehen, seine Ehe, alles schien auseinander zu brechen. Seine Frau Olga wollte ihn verlassen und ihm dabei die Hälfte seines Vermögens, der Villa, abknöpfen. Den teuersten Anwalt von Ettlingen hatte sie sich dabei genommen. Diese Blutsauger, die wussten immer, wo es warm rauskommt.

Die Polizei hatte ihn vorgeladen. Er wusste, was das hieß. Er stand unter Mordverdacht. Sein Ansehen in der Ettlinger High Society stand vor dem Aus. Gleich muss er vor seine Patienten treten und seine Mitarbeiterinnen treffen.

Eine Leiche im Baggersee

Am Abend des 15. August 2020 herrschte eine ungewöhnliche Stimmung am Sulzbacher Baggersee. Wie üblich war die Zufahrtsstraße von Oberweier mit Autos zugeparkt, obwohl das verboten war. Die Kinder tobten am flachen nördlichen Strand zwischen den Weidenbüschen. Die linke Seeseite sah aus wie ein Schlachtfeld, nachdem der Tornado alle Bäume abgeknickt hatte, sogar den aus massivem Eisen geschweißten Beleuchtungsmast des Fußballvereins.

Weiter hinten hatten sich unter den noch vorhandenen Bäumen die Nudisten breit gemacht unter das sich auch einige Bekleidete gemischt hatten. Kein Grund zur Aufregung. Der See gehörte schließlich allen, auch den Anglern am Südende des Sees. Der Tag ging zur Neige, einige Schleierwolken waren im Westen herangeschwebt. Die Badegäste, die sogar von Pforzheim oder Leonberg angefahren kamen, schleppten ihre Luftmatratzen und Picknickkörbe, ihre SUPs und Kindertragen Richtung Parkplatz.

Plötzlich entstand eine hektische Betriebsamkeit. Ein Polizeiwagen fuhr mit Blaulicht bis zur Schranke. Die Polizisten eilten am Sandstrand auf die Stelle zu, von der aus eine junge Dame winkte. Sie war muskulös und hatte einen weißen Bikini an.

„Stella Kunz. Ich wohne in Malsch und schwimme hier jeden Tag. Das Ding, das mir da in den Weg geschwommen kam, war richtig eklig. Ich weiß nicht, was es ist. Ich bin schnell weiter geschwommen."

Sie zeigte in die Richtung. Die Beamten konnten jedoch nichts wahrnehmen.

„Hast du Lust, da mal rüber zu schwimmen?", fragte Edgar Rind seinen jüngeren Kollegen.

Der schüttelte den Kopf: „Ich liebe es, wenn du mir den Vortritt lässt, aber ehrlich gesagt habe ich keine Lust auf Ufos. Egal ob das ein Riesenwels ist oder ein Krokodil oder sonst was."

Sie riefen das DLRG-Team an. Nach einer halben Stunde, in der sie sich freundlich mit der Zeugin unterhalten hatten, trafen die beiden Herren ein. Sie hatten sich für ein Stand-up-Paddle (SUP) entschieden, da es zu schwierig war, ein Boot zu organisieren, weil der Buchtzigsee zu Zeiten von Corona nicht geöffnet war. Ralf Meier übernahm die Aufsicht und verfolgte das Geschehen mit einem Fernglas, Dieter Barendt paddelte vorsichtig in die angegebene Richtung. Alle starrten gespannt hin. Dieter fand nach einiger Suche das Teil. Ralf sah sogar in seinem Fernglas, wie Dieter angewidert das Gesicht verzog und schnell zurückpaddelte.

„Haben sie einen Schnaps?", war des Erste, was er die Polizisten fragte.

„Wollen Sie uns verarschen? Alkohol im Dienst?", gab Edgar Rind zu verstehen.

Dieter war kreidebleich.

„Das ist eindeutig eine Wasserleiche, ziemlich aufgedunsen, Mann oder Frau, keine Ahnung. Das Rausholen überlassen wir besser dem THW."

In der Gerichtsmedizin

Dr. Bernhard Sauer in Heidelberg zog die stählerne Schublade auf. Auf dem blauen Zettel am Fuß des Toten stand „unbekannt". Er rief seinen Assistenten und gemeinsam hoben Sie die Leiche auf eine Trage, die dann in den Nebenraum geschoben wurde. Die Untersuchung ergab auf den ersten Blick keine Anzeichen von Gewalt. Der Mann durfte etwa 60 Jahre alt sein. Dr. Sauer entdeckte einen winzigen roten Fleck an der Schulter. Ein Schnakenstich?

Er ließ sich Zeit, immer wieder zog er an seiner Pfeife, um den unangenehmen Geruch zu vertreiben. Auch die inneren Organe waren ohne pathologischen Befund. Eine Blutprobe ergab keinen ungewöhnlichen Befund. Die Thrombozyten waren etwas erhöht. Dr. Sauer machte sich eine Notiz.

Inspektor Steiner ermittelt

Inspektor Steiner wandte sich an seine Kollegin Greiner. „Was wissen wir inzwischen von dem Toten im See?"

Er war noch müde von der gestrigen Gartenparty mit immerhin zwei Gästen. Das war gerade noch erlaubt in Corona-Zeiten. Kerstin Greiner bot ihm einen Kaffee aus der Kanne an. Sie kannte diesen Morgenmuffel. Nachdem er einen Schluck getrunken hatte, fühlte er sich besser. Kerstin nahm die schmale Akte von ihrem Schreibtisch.

„Er heißt Martin Vogler, 61 Jahre alt. Er fuhr fast täglich zum Sulzbacher Baggersee. Am FKK-Strand wurden die letzten Badegäste darauf aufmerksam, dass seine Kleider und Handtuch immer noch da lagen. Das war am 19. Juli 2020. Er war nicht näher bekannt. Sie riefen hier auf dem Revier an und haben uns die Personalien durchgegeben, die in seiner Brieftasche waren. Die Rechtsmedizin hat noch keinen abschließenden Bericht geschickt. Wir müssen noch ein paar Tage warten. Der Kollege Rind und Ralf Maier waren vor Ort, als der Leichnam geborgen wurde. Das Ufer dort ist wenig besucht, weil es recht steil ist. Aber der Mann ist wohl von der gegenüberliegenden Seite herübergeschwommen. Keine besondere Belastung für einen 60-Jährigen. Sein Herz scheint keine Schäden aufzuweisen. Also keinen Verdacht auf Herzinfarkt oder so was.

„Es ist immer wieder ärgerlich", schimpfte Inspektor Steiner, „dieses wilde Baden an dem unbewachten See. Wir sollten dort wieder Streife fahren!".

„Wollen Sie die Ausweise der FKKler kontrollieren lassen?", unkte Kerstin.

„Nein, lieber nicht, aber Präsenz zeigen. Wir lassen uns sowieso zu selten blicken. Der Bürger muss mehr Gefühl von Sicherheit bekommen."

Dr. Weinlaub rechnet ab

Wie verbringst du deinen Sommer?" Eine dämliche Frage, über die Erwin im Mai 2005 häufig nachdachte. Es war wie eine Sucht, ein Tick, irgendetwas an dieser Frage war wichtig für ihn. Andere Menschen, wenn man sie auf der Straße angesprochen hätte, wären sofort auf die passenden Antworten gekommen: Schwimmen gehen, Eis essen, in Urlaub fahren, Picknick im Park, die Füße in den Horbachsee hängen, den Kopf mit einem schicken neuen Hut bedecken, endlich kurze Hosen und T-Shirts anziehen. Erwin wäre enttäuscht über diese Antworten.

Für ihn waren die Sommermonate die unschönsten des Jahres. Seine Kleidung abzustreifen bis auf leichte Sommerkleidung oder sogar eine Badehose zu tragen, war ihm unangenehm. Er hasste seine blasse Haut, die selbst bei stun-

denlangem Sonnenbad nicht braun werden wollte. Er tröstete sich damit, dass er wenigstens nie
einen Sonnenbrand bekam, wie einige seiner
Patienten.

Im Sommer hatte er als Durchgangsarzt viel zu
tun Er hasste diese Berufsbezeichnung, lieber
war ihm „Facharzt für Allgemeinmedizin".
Durchgangsarzt zu sein war natürlich seine Aufgabe. Erstdiagnose, dann, bei einfachen Leiden
ein Rezept ausstellen. Alles andere musste er an
die werten Kollegen weitergeben. Die HNO-
Ärzte, die Rheumatologen, die Kardiologen, Or-
thopäden und wie sie sonst noch hießen.

Niemand blieb lange bei ihm, so lange, dass er
genügend Ziffern der Gebührenordnung hätte
aufschreiben können, damit sich das Geschäft
rentierte. Überhaupt die Gebührenordnung:

Beratung	4,66 €
Untersuchung	4,66 €
Nachtzuschlag	18,65 €
Hausbesuch	18,65 €
Krankenschein	2,33 €
I.m. Injektion	2,33 €
Verband	2,62 €

Davon kann kein Arzt existieren.

Für solche Beträge kommt kein Handwerker
ins Haus. Und die verlangen dann noch Pauscha-
len für die Anfahrt, Einsatz besonderer Maschi-

nen, fahren zurück in die Werkstatt, um ein vergessenes Werkzeug zu holen und stellen die Zeit in Rechnung, bringen einen Lehrling mit, der dumm herumsteht, aber Geld kostet.

Unwillig ruckelte er auf seinem Stuhl. Fast hätte er den Mann vergessen, dessen Rücken er geduldig abtastete. „Atmen Sie langsam aus!" wiederholte er zum dritten Mal. Beim besten Willen konnte er keinen krankhaften Befund feststellen. Keine Rasselgeräusche. Der Mann war gesund. Keine Frage, der Patient,- wie hieß er gleich- er warf einen schnellen Blick auf die Krankenakte. „Herr-Meier, es ist alles in Ordnung".

Der Angesprochene lächelte verlegen: "Aber Herr Doktor, ich fühle mich so schwach. Könnten Sie mich nicht - ?" Dr. med. Erwin Weinlaub wusste, was nun kommen würde, dafür war er schließlich schon fünf Jahre im Geschäft. Er griff in die Schublade mit den gelben Zetteln.

Was blieb ihm übrig, als das Ausweichen in die Menge. Wenn es schon zu viele Ärzte gab und zu wenig Kranke, musste die Behandlung des einzelnen Patienten umfangreicher werden. Er ließ sich Zeit, bis er den nächsten Patienten aufrief.

Der neue Gedanke war gut, sehr gut.

Gerda Klein am Morgen

Es war schon hell an diesem Maimorgen, als Gerda Klein sich auf den Weg zur Arbeit machte. Es waren nur wenige Menschen unterwegs, hauptsächlich Schichtarbeiter der Firma Lorenz, die zu Fuß von Ettlingen West zu ihrer Arbeit eilten. Sie hatten keinen Blick auf die duftig blühenden Oleanderbüsche in der Forchheimer Allee und ignorierten die hübschen Häuschen, die sich der Laubenallee entlang aneinander drängten. Die Siedlung hat etwas Ländliches an sich: Die Namen der Straßen aus der Botanik: Birkenweg, Ahornweg, Fliederweg. Eine Menge kleiner Marshallplan-Häuschen auf großzügigen Gartengrundstücken, die nach dem Zweiten Weltkrieg entstanden waren.

Für Gerda Klein war der Weg zur Arbeit zugleich ihr täglicher Spaziergang. Die Praxis von Erwin Weinlaub lag vierhundert Meter von ihrer Wohnung am Rande von Ettlingen-West entfernt. Morgens hatte sie schon den Blick auf die Schrebergarten-Siedlung, hörte neben dem fernen Rauschen der Autobahn oft das Schlagen der Amseln und das Gezwitscher der Spatzen.

Gerda Klein war Weinlaubs rechte Hand. Ohne sie lief in der Praxis nichts. Schon bei Dr.

Weinlaub Senior hatte sie die Praxis geschmissen. Das war ihr Leben. Sie fühlte sich für alle Vorgänge verantwortlich.

Überhaupt die Praxis: Außer dem Flur war da das Sprechzimmer, natürlich, das Allerheiligste, zwei Behandlungszimmer, ein Warteraum und der Empfang. Alle Räume waren knapp bemessen. Morgens war es hier noch kühl und angenehm ruhig. Gerda Klein genoss es, allein durch die Räume zu gehen, die Fenster weit aufzureißen, die frische Luft hereinzulassen, da und dort ein wenig hinter Frau Dimiglu nach zu wischen und die Topfpflanzen zu gießen.

Der Chef hat dafür gesorgt, dass auch im Flur Grünpflanzen standen, ein Philodendron, diesmal nicht aus dem Regenwald Brasiliens, sondern aus dem Billigmarkt, ein Plastikprodukt. Gerda Klein liebte es nicht, aber das musste sie auch nicht, denn das Teil brauchte nicht einmal Gießwasser. Frau Dimiglu hatte den Auftrag, den Philodendron bei Bedarf abzustauben, aber der Flur war nicht so hell, dass sie das erkennen konnte.

Punkt acht Uhr wird der hektische Betrieb beginnen. Die junge Kollegin Gesine erscheint in letzter Minute, und die ersten Patienten warten en schon fünf vor acht vor dem Eingang des viergeschossigen Gebäudes. Wenn das Wartezimmer mit zehn Leuten besetzt ist, stehen die Patienten im Flur vor der Theke. Hinter der Theke Gesine und sie.

Ein Lautsprecher kündigt „Der Nächste bitte" an. Diese Nächsten zu organisieren war ihre Aufgabe. Sie machte das gerne, sie liebte den Kontakt zu Menschen^

Wilhelm Weinlaub erinnert sich

Wilhelm Weinlaub hatte vierzig Jahre Arbeit in seine Praxis gesteckt und sich als der einzige Arzt in dieser Arbeitersiedlung verdient gemacht, Als er mit sechsundsechzig aufhörte, konnte er seinem Sohn Erwin einen großen Patientenstamm übergeben. Er war froh und stolz, in seinem Sohn einen Nachfolger gefunden zu haben.

Von den Kollegen, wusste er, dass viele mit ihren Kindern im Streit lagen, weil diese die harte Arbeit als Allgemeinmediziner ablehnten. Sie hatten auch keine Lust, sich von Vater oder Mutter einweisen zu lassen und sattelten lieber noch einen Facharzt drauf, um in einer angenehmen Gegend mit zahlreichen Privatpatienten sehr viel besser zu verdienen.

Aber Dr. Wilhelm Weinlaub war stolz auf das Erreichte, seine Verbundenheit mit der einfachen Bevölkerung, bei der er etwas galt, eben der Herr Doktor.

Er hat sich auch selten zu einem Zubrot im Dienst der Pharmaindustrie hinreißen lassen. Einmal hat ein Pharmavertreter einige Packungen eines Magenmittels dagelassen und Weinlaub hat es einigen Patienten gegeben. - „Probieren Sie mal das"- Zwei Monate später wurde das Medikament vom Markt genommen. Glücklicherweise hat sich kein Patient beschwert. Viele, das wusste der Wilhelm Weinlaub auch, kamen zu ihm nur wegen eines Krankenscheins und sie warfen die Medikamente und Rezepte einfach weg. Er hatte gelernt, damit zu leben.

Die Bisamratte

Es war immer das gleiche auf der Bulacher Straße: Die Bahnschranken waren zu. Immer. Jedes Mal. Es war zum Auswachsen. Oder meditieren - Je nachdem. Er stellte den Motor seines Volvos aus und ließ seine Erinnerung lebendig werden.

Damals, 1978 hatte die gute alte Alb Hochwasser, und wie! Nicht, dass es das nicht schon gegeben hätte in den letzten dreihundert Jahren:

Altstadt und Mühlen unter Wasser. Aber damals? Neben dem Straßendamm steht das Wasser. Eine See hat sich gebildet. Eine Menge Schrebergartenhäuser standen bis zum Dach unter Wasser. Die Vögel, Enten, Hasen waren bereits abgesoffen.

Was für ein Schaden für die Kleingärtner.

„Ob die den Schaden wohl überleben werden?", fragte er seinen Bruder, der als Katastrophentourist neben ihm stand.

„Die Stadt wird denen schon helfen. Aber erst muss ein richtiger Damm her. Und ein Rückhaltebecken. Da hat keiner daran gedacht. Und die Bewohner müssen an anderer Stelle einen neuen Pachtgarten bekommen."

„Glaubst du wirklich, die Stadt ist so spendabel?"

„Die können nicht anders. Das sind dreihundert Wähler, ohne ihre Angehörigen und Freunde. Ettlingen West kann man nicht hängen lassen."

Martin Vogler wurde es langweilig. Er schlenderte die Straße entlang. Im Rinnstein lag ein totes Tier mit einem langen Schwanz. Wohl auch ersoffen. Regte sich nicht. Sah aus wie eine Ratte, nur größer, fast 70 cm lang. Vielleicht ein Biber?"

„Das ist eine Bisamratte, die leben hier überall in der Uferböschung. Eine Landplage!"

Er möchte sich die Unterseite des Tiers ansehen und rollt es mit seinem Schuh zur Seite.

Ein lauter Schrei. Aus seinem eigenen Mund. Die Bisamratte ist lebendig geworden, springt auf, beißt sich an ihm fest. Es ist nur sein Hosenbein. Er schüttelt sich, er versucht, nach ihr zu treten. Ohne Erfolg. Erst als sein Bruder einen kräftigen Tritt mit seinem Wanderstiefel landet, rennt das Tier die Böschung hinunter und verschwindet im Wasser.

Vogler tauchte aus seinen Erinnerungen auf. Er war auf dem Weg zu einem Interview in der Kleingartenkolonie in Ettlingen West. Zuerst wollte in der Gaststätte des Kleingartenvereins „Rosine" ein saftiges 200 g Steak mit Pommes und Salat zu sich nehmen. Und danach eine gute Bekannte interviewen.

Eva-Marie Wutke war eine redselige Frau.

„Mit der Ankunft der neuen Bewohner im westlichen Stadtteil von Ettlingen, in der Siedlung - vor 80 Jahren, beginnt die Geschichte des Kleingartenvereins. Viele dieser Menschen kam aus ländlichen Gebieten, hatten selbst landwirtschaftliche Anwesen oder auch große Gärten. Sie mussten feststellen, dass es für sie in der Landwirtschaft keine Zukunft gab. Arbeit fanden sie schnell in Fabriken und Gewerbebetrieben.

Es fehlte aber an einem Stück Land zur Selbstversorgung. Da half die Stadt Ettlingen mit einem Ackerstreifen auf der Eiswiese, das Gelände an der Bahn und der Bulacher Straße. Die Siedler konnten dort Kartoffeln und Gemüse anbauen und es entstanden Hütten und Ställe für Kleintiere. Die Arbeit im Garten war für viele ein willkommener Ausgleich für die ungewohnte Arbeit in der Fabrik und das selbst erzeugte Gemüse, das Obst oder auch die frischen Eier entlasteten die schmale Haushaltskasse. Schnell war auf der Eiswiese kein Streifen Land mehr frei."

„Eva-Marie, ist ja gut.", warf Vogler ein. „Aber leg' doch mal das Prospekt weg. Ich bin Reporter und brauche eine lebendige Geschichte."

„Also, die meisten wollen Gemüse und Obst anbauen oder einfach nur ein Wochenendgrundstück als Ausgleich für die Arbeit in der Fabrik. Die Stadt hat uns gleich zu Beginn Wasserzapfstellen aufgebaut. Später hatte die Stadt keine Lust mehr auf die Abrechnung der Pachten und die Kleingärtner gründeten einen eigenen Verein. Und der baute in Eigenarbeit das hier: Die „Rosine", unser Vereinslokal. Die Stadt hat nur einen Architekten geschickt. Strom haben wir auch alle bekommen. Bei der Landesgartenschau, ich glaub das war so 1988, gab es noch ein paar neue Schrebergärten am Horbach dazu. Und hier ist übrigens auch der „Rudolstädter Platz". Weißt du sicher nicht warum. Wir hatten nämlich schon 1989 eine Städtepartnerschaft mit...genau.

Inzwischen gibt es Kachelöfen mit Gas für den Winter und einen Kühlraum für die Getränke."

„Darf ich mal kurz unterbrechen - wie ist es denn so untereinander?

„Ja prima. Man kennt natürlich nicht alle Mitglieder. Aber die Nachbarn drum herum und die sind freundlich und helfen einander."

„Und wie ist es mit Bio-Anbau?"

„Na ja, ein paar Leute haben das probiert. Aber wenn die meisten immer noch Blaukorn und Schneckenkorn streuen, hast du keine guten Karten. Dann kriegst du nur ein müdes Lächeln, wenn du deine mickrigen Kohlrabi mit ihren vergleichst. Aber was nicht ist, kann ja noch werden."

„Wollen wir noch ein alkoholfreies Bier trinken? Ich lade dich natürlich ein."

„Gerne, für mich aber ein Weißbier. Ich kann ja nach Hause laufen."

Frau Dimiglu hat einen guten Mann

Leyla Dimiglu ist mit Achmed verheiratet. Wenn Sie morgens um 7:30 Uhr das Frühstück richtet, ist sie mit Alischa allein, denn Achmeds Arbeit bei der Firma Molex, Kabelbau beginnt schon um 7 Uhr. Immerhin, am Abend sind sie zusammen. Dann kocht sie noch etwas Besonderes für ihn. Er ist ein fleißiger und liebevoller Mann. Das ist nicht selbstverständlich. Und er bringt sein Geld nach Hause, und nicht im „Fürstenberg" durch. Sie sind glücklich, doch sie hätten gerne noch einen Jungen bekommen, aber das wollte einfach nicht klappen.

Alischa steht vor der Abschlussprüfung. In der Wilhelm-Lorenz Realschule ist sie eine der Besten. Manchmal fällt Frau Dimiglu fast das Kinn herunter, wenn sie ihre Tochter sprechen hört. Ein gepflegtes Deutsch, sie redet besser als viele ihrer deutschen Klassenkameraden.

Achmed hat sich zum Techniker hochgearbeitet. Aber viel mehr als das Fachchinesisch, das er für die Arbeit braucht, versteht er nicht.

Zuhause spricht man türkisch und das ist gut so. Eine Familie, eine Sprache. Manche Dinge zwischen Mann und Frau klingen in deutscher Sprache einfach falsch.

Alischa muss nächste Woche die letzte Klassenarbeit in Englisch schreiben. Die Mutter hätte sie beim Lernen gerne unterstützt, aber das war dann doch zu viel für sie: erst Türkisch, dann Deutsch und dann noch Englisch.

Die Zutaten für das Frühstück kauft Leyla im Penny-Markt. Dort im Ahornweg trifft sie immer eine Nachbarin oder Freundin, mit der sie eine Weile tratschen kann.

Vor einem Jahr hat sie die Putzstelle bei Dr. Weinlaub bekommen. Sie ist glücklich, denn sie ist eine Frühaufsteherin und die Arbeit geht ihr leicht von der Hand. Sogar beim Abstauben der Plastikpflanzen versucht sie einen leichten Glanz auf den toten Blättern hervorzubringen. Dafür nimmt sie Sidolin, der Geheimtip einer Bekannten. Überhaupt, ohne Essigreiniger und Desinfektionsmittel wäre der Kampf gegen die Verschmutzung der Praxis nicht zu führen. Jeden Tag werden fast hundert Patienten durch die engen Räume geschleust.

„Die Garderobe müsste dringend gestrichen werden", sagte sie neulich zu Gerda Klein, der Dienstältesten in der Praxis. „Wenn unser Chef bloß nicht so knauserig wäre!"

Gerda hat einen guten Draht zum Chef, sie wird es ihm schon beibringen.

Gesine isst einen Keks

Es ist halb elf Uhr, Zeit für eine kleine Kaffeepause. Gerda Klein steckt sich einen Leibniz-Keks mit Zartbitterschokolade in den Mund und versucht, ihrer jungen Kollegin Kaffee anzubieten. Gesine versteht kein Wort.

„Ab zwei Keks wird es unverständlich!"

Gesine ist nicht auf den Mund gefallen. Sie ist offen, aber nicht frech. Das Gegenteil von dem gehemmten Wesen ihres Chefs.

Gesine hat die Ausbildung zur Medizinischen Fachangestellten vor zwei Jahren abgeschlossen und wurde von Dr. Weinlaub gerne übernommen.

Nach der Schule wollte ihr Vater sie lieber bei der Volksbank unterbringen. In Mathematik war sie nicht schlecht, aber zu einer Leidenschaft für Buchführung oder Kostenrechnung reichte es bei ihr nicht. Sie sagte ihren Eltern, dass sie mit Menschen arbeiten möchte und nicht mit schicker Bluse gelangweilt in einem Büro herumzusitzen gedachte. Die Eltern akzeptierten das. Denn sie hofften, dass ihre Tochter als Arzthelferin genügend freundliche Männer kennenlernen wird. Dann wird sie bald heiraten und das Thema ist gegessen.

Olga Weinlaub liest die „Bunte"

Olga Weinlaub legt die „Bunte" auf den runden, weißen Marmortisch im Erkerzimmer. Diese Geschichten von Schauspielern, Autoren, Beautys, Politikern und Managern sind für sie wie ein Märchen. Menschen, die immer schick gekleidet sind, die anscheinend nie hart arbeiten müssen, die so viel Geld verdienen, dass sie es eigentlich gar nicht mehr ausgeben können...

Sie liest gerne Klatschgeschichten. Das bildet und verbessert ihr Deutsch. Auch nach zehn Jahren in Ettlingen steht sie mit dem Dialekt auf dem Kriegsfuß. Kaum hatte sie sich das Wort „Brötchen" eingeprägt, musste sie schon wieder ein neues Wort lernen „Weckle". Sie findet diesen Dialekt abscheulich. Ihr Mann, der Herr Doktor Erwin Weinlaub, spricht gern im Dialekt mit seinen Patienten. Erwin hat ihr gesagt, dass er damit das Vertrauen seiner Kunden leichter gewinnen kann. Olga zieht es vor, mit Personen aus ihrer Gesellschaftsschicht in gepflegtem Hochdeutsch zu sprechen.
Sie stammt aus Weißrussland, aus einer kleinen Stadt, Lida, nahe Vilnius in Litauen. Ihre Familie lebte in einem zehnstöckigen Mietshaus unterhalb der Burg. Es ist ein einfaches, aber

sauberes Wohnviertel mit Rasen um die Häuser und allem was man so brauchte.

Die kleine Olga war ein begabtes Kind, das sich stundenlang allein beschäftigen konnte. Sie lernte plappernd eine weitere Sprache, noch bevor sie eine Schule betreten hatte. Schon in der Grundschule zeigte sie beim Malen einen ausgeprägten Sinn für Farbkomposition und Perspektive. Es war klar, dass sie nach dem Abschluss des Gymnasiums nicht in einem weißrussischen Provinznest bleiben würde.

Sie blickt hinaus auf den kleinen Garten. Das Haus in der Buhlstraße ist in einem Blauton gestrichen, das in der Nachbarschaft auffällt. Immerhin. Aber als sie Erwin Weinlaub kennenlernte, hatte sie sich etwas Besseres vorgestellt. Ein deutscher Arzt. Da dachte sie an Luxus und Glamour. Er fuhr zwar einen Porsche, aber ein Mittelklassewagen für die Ehefrau war bislang nicht finanzierbar.

Es wird Zeit, dass ihr Göttergatte sich ins Zeug legt, um sein Monatsgehalt aufzubessern. Sie wollte bald in eine präsentable Villa umziehen.

Lyrisches Zwischenspiel

Die bleiche Sichel des Mondes schob sich hinter das lichte Grau einer Wolke. Das Firmament breitete sich wie ein schwarzes Banner über die Stadt. Kein Stern war zu sehen, die Straßenlaternen warfen ein fahles Licht auf die regennasse Fahrbahn. Hinter den Fenstern hörte man fröhliches Geplauder, das aus bläulich leuchtenden Fernsehern drang. Einsame Fledermäuse suchten vergeblich nach infektionswilligen Menschen. Die Ampeln waren auf Blinklicht umgeschaltet, die Kirchenglocken läuteten in der Nacht nicht mehr. Nur ein grün-weiß-blauer Streifenwagen suchte nach Resten menschlicher Existenz. In diesem Kaff war wirklich nichts los.

Weinlaub entspannt

„Arme neben den Körper legen, bitte"
Die Stimme ist wie ihr Name, wie Samt. Samantha beginnt ihre Thaimassage am Kopf, teilt seine Haare und drückt mit beiden Daumen auf die Mittellinie, fasst danach seinen Sternocleidomastoideus mit den Fingerspitzen und drückt gleichzeitig auf eine gedachte Linie seines Hinterkopfes.

Weinlaub gönnt sich diese Auszeit einmal wöchentlich, wobei er immer zu Samantha nach Karlsruhe fährt, aus Angst, in Ettlingen erkannt zu werden. Bei ihr kann er ungestört reden. Die Dame versteht nur die Hälfte und weiß vor allem nicht, wer er ist. Sehr angenehme Person

Inzwischen ist sie bei seinen Schultern angelangt, bewegt mit den Fingerkuppen die kleinen Muskeln unter den Scapulae, dann faltet sie seinen Trigeminus auseinander.

„Ich habe mich immer bemüht, den Wünschen meines Vaters zu entsprechen. Er war nie streng im eigentlichen Sinn, aber es war immer klar, dass ich einmal seine Praxis übernehmen musste. Zum Studium zog ich nach Heidelberg, dort, wo auch mein Vater schon studiert hat und bei einer Studentenverbindung gewesen ist. Es hat sich als hilfreich erwiesen, einzelne Professoren aus der Verbindung zu kennen."

Samantha bearbeitet gerade den verhärteten gluteus maximus durch Einsatz ihres Ellbogens. „Du sein verspannt. Ganz loslassen!" palavert sie in ihrer typischen, thailändisch gefärbten Sprache. Sie ist süß, so unschuldig.

„Wenn ich heute daran denke, wie ich das Physikum geschafft habe. Erstaunlich einfach. Aber jetzt, wenn mir täglich die Patienten die Praxis einrennen mit ihren einfachen Beschwerden, mit dem Wunsch nach einem Krankenschein, einer Überweisung an einen Facharzt oder einer Kur, ist nicht mehr viel übrig von meiner Begeisterung für das Fach. Es ist nur noch der reinste Stress."

Samantha bewegt ihre Daumen zwischen den medialen und den lateralen Anteil des gastrognemicus, der bei ihm wegen seines Hobbies, dem Gebirgswandern, sehr ausgeprägt ist.

„Au, Sie tun mir weh!"

„Entschuldigung viele Male. Ich jetzt ganz vorsichtig".

„Bitte jetzt aufsitzen, Arme hinter Kopf zusammen"

Sie schiebt ihre Arme in die Öffnungen und verdreht das Rückgrat

„Meine Frau ist mir auch keine große Hilfe. Sie kocht zwar gut und ich kann mich bei ihr aussprechen, sie ist blond, nicht so südländisch wie Sie, aber sie hat Ansprüche an mich, will, dass ich mehr verdiene. Das setzt mich unter Druck"

Mein Gott, jetzt kommt sie mir mit ihren Brüsten zu nah. Ich muss mich zusammen reißen, denkt er bei sich. Samantha spricht ihn an:

„Du harte Arbeit?"

„Ich bin Bauarbeiter."

„Sein guter Job, viel Geld verdienen."

Zum Schluss gibt es ein warmes Handtuch zum Abwischen und einen Kräutertee.

Als Weinlaub gegangen ist, erholt sich Samantha in ihrem engen Büro zusammen mit ihrer Kollegin Jahra von der Anstrengung, dehnt die Finger und den Rücken.

„Der Mann gerade eben ist Arzt. Ich höre fast, wie er jeden Muskel im Kopf nachbetet, den ich gerade massiere. Er erzählt immer von früher und von seiner Praxis. Das ist nie langweilig."

Die beiden Frauen kichern.

Wolfskind

Auf dem Gelände des Gartenbauvereins Ettlingen-West fühlte sie sich wohl. Aber heute muss Eva-Marie kräftig in die Pedale steigen, wenn sie ihren Anhänger noch bis zum Grünabfallplatz bringen will. Dieser Herbstsamstag war sehr mild, fast sommerlich, und so hat sie in ihrem Schrebergarten die Sträucher geschnitten und auch gleich den Grünschnitt in den Anhänger gelegt.

Als sie rechts über die kleine Brücke fuhr, schweifte ihr Blick kurz auf das Gestrüpp zwischen Autobahn und Radweg. Überall Lianen, verfallenes Holz, ein kleiner Tümpel. Dazwischen nahm sie flüchtig etwas Helles wahr.

„Ist das ein Stück Porzellan, eine Puppe vielleicht? Das schaue ich mir auf dem Rückweg genauer an."

Zwanzig Minuten später hatte sie das Zweigwerk auf dem großen Komposthaufen geworfen. Entspannt ging es nun wieder in Richtung Stadtmitte. An dem Urwald hielt sie an. Der helle Gegenstand lag immer noch da. Sie trug noch ihre Gummistiefel, so dass sie die Brombeerranken betreten konnte.

Das Ding bewegte sich. War das ein Sonnenstrahl, der sie täuschte? Nein, es war etwas Lebendiges. Fast hätte sie laut geschrien.

Auf der Straße waren ständig Rad- und Autofahrer unterwegs. Sie ging zurück zum Anhänger und zog ihre festen Gartenhandschuhe an. Damit drückte sie die Ranken auseinander – und war schockiert.

Ein Kind, so klein wie ihre zweijährige Theresa, streckte ihr beide Ärmchen entgegen. Aus seinem Mund kam ein leises „Huhu".

Ist dieses Kind ausgesetzt worden? Wer konnte so etwas getan haben? Vielleicht ist das Kind schwachsinnig?

„Hallo du, wie heißt du?"

Wieder dieser merkwürdige Laut.

Also egal wie, diese Kind konnte sie so nicht liegen lassen. Das Mädchen war nackt, verdreckt. Sie nahm es hoch und wickelte es in ihren großen, weichen Schal. Scheiß drauf, dachte sie, und setzte das Kind in ihren Anhänger. Ich werde das Mädchen erst einmal nach Hause bringen, in der Badewanne sauber machen und ihr dann Kleidung von Theresa anziehen.

Niemand nahm Notiz von ihr, als sie mit zwei Kleinkindern in den dritten Stock zu ihrer Zwei-Zimmer-Wohnung in der Hohenwiesenstraße hinaufstieg.

Eva-Marie war vierzig und sah flott aus. Sie hatte nadelkurze schwarze Haare, Für modische Kleidung hatte sie kein Geld, denn als Alleinerziehende musste sie von Hartz IV leben. Sie trug immer ihr Glücksbringer-Amulett um den Hals und war guter Dinge, auch wenn die Welt sie nicht anlächelte.

An ihrer Wohnungstür stand „E+T Wutke". Eva-Marie fand das besser, denn das sah nicht nach einer alleinstehenden Frau aus.

Aber Eva-Marie klingelte zuerst bei ihrer Flurnachbarin. Zum Glück war ihre Freundin Gesine zuhause, und nicht bei ihrer Arbeit in der Praxis.

„Gesine, kannst du mir schnell meine Kleine abnehmen, für höchstens eine Stunde?"

Für Gesine eine willkommene Abwechslung. Sie krabbelte mit dem munteren Kind auf dem Boden herum, spielte mit dem Ball, und „Ich sehe was, was du nicht siehst". Dazwischen gab es Kekse und Fencheltee.

Als Gesine die Kleine zurückbrachte, rief Eva-Marie sie ins Badezimmer.

„Was ist denn das?", fragte Gesine überrascht, als die das kleine Mädchen in der Badewanne erblickte.

„Eine Überraschung, auch für mich", begann Eva zu erzählen.

Gesine setzte Theresa ab und das Kind tastete sich neugierig an den Rand der Badewanne heran.

„Ich auch!" krähte Theresa.

Die beiden Kinder verstanden sich gut, auch wenn das Findelkind nur unverständliche Laute von sich gab. Es klang wie Knurren, manchmal wie Vogelgezwitscher, jedenfalls nicht nach Mensch.

„Und was hast du nun vor?"

„Ich werde morgen früh die Polizei anrufen. Oder nein, ich werde gleich anrufen. Vielleicht ist ein Kind abhandengekommen und eine Familie wartet sehnsüchtig auf eine Nachricht."

Der Polizei war nichts bekannt, nahm die Daten auf und versprach, sich am nächsten Tag mit dem Jugendamt in Verbindung zu setzen.

Derweil wuselte der Findling auf allen Vieren durch die Wohnung, beschnupperte die Blumen und das Brot, steckte sich Krumen vom Boden in den Mund, lachte über die Kanarienvögel im Käfig, verhielt sich also wie ein normales Kind, nur dass es nicht sprach.

Frau Schulze vom Jugendamt, die am nächsten Tag nach dem Kindeswohl schaute, war verwirrt. Woher kam dieses Kind, das niemand vermisste, das kein Wort sprach, mit seinem Blick lieber auswich, als Augenkontakt zu suchen. Das manchmal die Zähne fletschte, aber offensichtlich keiner Fliege etwas tat. Nachdem Frau Schulze Eva-Marie ausgequetscht hatte, fragte sie:

„Frau Wutke, könnten Sie sich vorstellen, das Kind für einige Tage oder Wochen zu behalten, bis wir im Amt geklärt haben, wo wir das Kind unterbringen können? Ich sehe, wie gut sie für ihre Tochter sorgen. Selbstverständlich bekommen Sie den üblichen Satz für die häusliche Pflege des Kindes."

„Und wird das wieder mit Hartz-IV verrechnet?"

„Glücklicherweise nicht. Wir machen ja nicht die Gesetze. Sie bekommen im Monat etwa achthundert Euro. Davon müssen sie alles bezahlen, was das Kind braucht".

„Klingt gut, aber vielleicht holen Sie das Kind schon nächste Woche ab."

Als Frau Schulze wieder im Amt war, telefonierte sie mit dem Augustinusheim in Ettlingen, mit der Hardtstiftung in Karlsruhe. Letztere wäre vielleicht die beste Lösung gewesen, wenn man davon absah, dass Frau Wutke die beste „Ersatzmama" in diesem Fall war.

Am zweiten Tag jedoch war an eine vernünftige Entscheidung kaum mehr zu denken. Die Presse hatte von der Polizei einen Tip bekommen und die Reporter standen an der Hohenwiesenstraße Schlange. „Der Findling von Ettlingen" füllte die Zeilen einiger Journale, selbst der „Spiegel" fand Gefallen an der Sache. Vergleiche mit Kaspar Hauser, Karlsruhe, boten sich an, oder mit Nachkriegskindern ohne Eltern.

Das wiederum rief die katholische Kirche auf den Plan, die gerne an dem Renommee teilgenommen hätte, zumal das Augustinusheim in Ettlingen ursprünglich genau für diese Nachkriegskinder konzipiert war. Die Erzdiözese Freiburg schickte eine Beamten ins Augustinusheim, um auszuloten, ob man das Kind dort aufnehmen könne. Natürlich waren in dem Heim inzwischen nur noch halbwüchsige Jugendliche untergebracht, die dort Unterricht und Berufsbildung erhielten. Die Eröffnung einer eigenen Abteilung für Findelkinder würde sich nicht lohnen. Bei aller Liebe - bemerkte der Freiburger Beamte gegenüber dem Erziehungsleiter Heinemann.

Eva-Marie Wutke hatte bald einen Zwillingsbuggy und die Zeit der Spaziergänge verlängerte sich immens. Überall musste sie das Wunderkind vorzeigen. Nachdem Herr Dr. Weinlaub, der eigentlich nicht vom Fach war, das Kind untersucht und für gesund befunden hatte, widmete sich die neue Zwillingsmutter der Förderung des kleinen Findlings. Ihre eigene Tochter konnte dabei helfen.

Wichtig war erst einmal, dem Kind das Herumsausen auf allen Vieren abzugewöhnen. Danach wurden die ersten Laute gebildet. Alles wäre gut gegangen, wenn Eva-Marie an einem weiteren sonnigen Herbsttag nicht einen Ausflug in den Oberwald unternommen hätte.

Die Buchen standen noch in vollem Laub, leicht gebräunt zwar, Baumstämme vermoderten, auf denen Baumpilze wuchsen, die kleinen Bächlein glitzerten in der Sonne. Sie zeigte den Kindern die Vögel und imitierte deren Geräusche, wies auf einen Storch hin, der immer noch auf der sumpfigen Wiese nach Fröschen jagte, „Frosch, quaak, quaak," intonierte sie und die beiden Mädchen krähten im Chor nach.

Inzwischen wanderte sie bereits durch das Bulacher Wäldchen und befand auf dem Damm neben dem Entwässerungsgraben. Dort hielt sie den Wagen an und verriegelte sorgsam die Bremse. Dann lief sie in den Wald und versteckte sie sich hinter einem dicken Baum, um Pipi zu machen.

Plötzlich hörte sie ein Rascheln, ein Schnauben und dann Theresa:

„Mama!"

In panischer Eile zog Eva-Marie ihre Hosen hoch und eilte zum Damm hinauf. Der Kinderwagen war umgekippt und Theresa war herausgekullert. Sie nahm ihr Kind in die Arme und schaukelte es. Theresa war unverletzt. Es dauerte ein Weilchen bis sie merkte, dass das Findlings-Mädchen verschwunden war. Der Boden um den

Wagen war aufgewühlt. Sie richtete, Theresa in einem Arm haltend, den Wagen wieder auf. Sie legte das Kind hinein und griff nach dem Handy.

In Ettlingen und Umgebung ging ein Gerücht um. Das Findelkind sei verwildert bei Wölfen aufgewachsen. Ein Wolfskind. Seit der Verdacht von den BNN aufgegriffen worden war, meldeten sich immer wieder Menschen, die große Tiere im Wald gesehen haben wollten oder in der Nacht das typische Geheul von Wölfen hörten. Spezialisten aus dem Naturpark gaben an, dass so etwas noch nie vorgekommen sei. Die Tiere seien scheu und wenn sie extremen Hunger litten, würden sie vielleicht statt eines Rehes ein Lamm vertilgen. Aber die Erzählungen über Wolfskinder, die es in der Geschichte mehrmals gab, seien wahrscheinlich Humbug.

Der Jäger

Die Unsicherheit blieb. Weniger Menschen wagten sich nun in den Oberwald, auf den Robberg oder den Kreuzelberg. Bis eines Tages Manfred Trietscher, ein 35-jähriges Mitglied des Ettlinger Schützenvereins mit Pfeil und Boden auf dem Saupfad bei Spessart spazierte, wobei er sich immer wieder als Ziele Baumruinen und Baumstümpfe suchte, um daran zu trainieren. Während Corona war der Verein geschlossen. Sehr ärgerlich. Keine Übungswiese, kein Vereinslokal.

Als er einen verschossenen Pfeil suchte, gelangte er in dichtes Unterholz. Der orange-grüne Pfeil war nicht mehr da. In der Tiefe des Waldes verschwunden. Plötzlich hörte er hinter sich ein Knurren, ein Hund oder... Manfred erschrak, als er einen Wolf auf sich zukommen sah. Er lief nicht schnell, aber kraftvoll, und er knurrte.

Fast wäre er in Ohnmacht gefallen. Wie in Trance griff er an sein Holster, löste die Verriegelung.

Das Tier blieb nicht auf Distanz. Keine Chance für einen Rückzug. Er zog seine Glock 17 und visierte den Wolf an. Dieses Mal würde es kein Training sein. Dieses Mal musste der erste Schuss treffen. Er zitterte nur ein wenig.

Dann drückte er ab. Der Wolf zuckte, bewegte sich aber weiter auf ihn zu. Er feuerte, bis sein Magazin leer war. Er atmete auf. Schnell schob er sein Ersatzmagazin ein und sondierte die Umgebung. Glücklicherweise kein zweites Tier.

Dafür fand er etwas anderes.

Ein kleines Kind taumelte weinend aus dem Unterholz und legte sich auf das weiche Fell des erschossenen Wolfs.

Danach war Manfred der Held. Seine Tat war so abenteuerlich, dass nicht nur alle Medien darüber berichteten. Das Ordnungsamt verfügte, dass Manfred Trietscher wegen Führung seiner Waffe in der Öffentlichkeit straffrei bleibt.

Dr. Semmelweiß fährt Rad

Die Praxis von Dr. Semmelweiß atmet den Geist vergangener Zeiten. Hinter seinem Schreibtisch findet sich ein Glasschrank für sterilisierte Spritzen und pflanzliche Tinkturen. Auch alte braune Glasgefäße sind gefüllt mit getrockneten Pflanzenstengeln und gemörserten Pulvern. Wenn man seine Brille aufsetzt, kann man die handgeschriebenen Aufkleber entziffern. Johanniskraut und Lavendel stehen neben Senfsamen und Weidenrinde, Gänseblümchen und Giftsumach und Herbstzeitlose. Für die Patienten ist es unübersichtlich. Nur der Herr Doktor weiß um die Zubereitung und Dosieren. Stets schreibt er an einem Rezept mindestens fünf Minuten.

Er hat sich vor vielen Jahren in einem der kleinen Marschallplan-Häuser niedergelassen In dem großen Gärten baut er einen Teil seiner Heilpflanzen selbst an. Dort wuchern auch Beinwell und Brennnessel.

Ein Segen für die Menschheit, behauptet er. Auch seine Patienten schwören auf ihn. Wenn es auch immer weniger werden. Viele scheuen es, sich erst einmal zwanzig Minuten von ihm befragen zu lassen. Viele haben die Zeit dafür nicht. Der Herr Doktor schon. Man sieht der Praxis an, dass er nicht viel verdient. Er fährt mit einem Fahrrad, zu seinen Patienten, die ihn seit Jahren schätzen.

Wenn jemand zum ersten Mal sein Praxiszimmer betritt, eine Anmeldung gibt es nicht, so kann er sich gleich auf ein halbstündiges Gespräch einstellen. An der Tür hängt ein Holzbrett, auf dem mit einem Lötkolben eingraviert steht: „Zeit ist kein Geld".

Dr. Semmelweiß ist sich schon bewusst, wie altertümlich er ist. Es ist ihm egal. Er ist über siebzig Jahre alt. Er fragt munter drauf los, lächelt, macht Witze. Will wissen, wo die Leute wohnen, ob sie Kinder haben, was sie im Fernsehen anschauen, ob der Ehepartner Probleme bei der Arbeit hat. Ob die Symptome sich bessern, wenn die Temperaturen steigen, welchen Sport man treibt, mit wem man Umgang hat. Manches trägt er auf ein weißes Din-A-5 Kärtchen ein.

Manches landet in seinem Elefantenhirn. Aus diesem Hirn kommen dann beim nächsten Besuch Fragen wie z.B. „Was machen ihre Hasen?" oder „Hat sich ihre Tochter inzwischen für einen Beruf entschieden?" oder „Wenn sie das Taraxacum officinale, Verzeihung den Löwenzahn brav genommen habe, müsste es ihre Leber besser gehen, oder?"

Nach jedem Patienten nimmt Dr. Semmelweiß einen Schluck aus seiner Teetasse. Er arbeitet täglich von 7 bis 18 Uhr mit einer Stunde Pause für den Mittagsschlaf. „Ich habe wenig Fixkosten", weiß er.

Wenn doch jemand im Wartezimmer sitzt, findet er dort keine Bunte, Spiegel, Focus oder Men's Health, sondern ein Stapel von Blättern, auf denen die folgende Geschichte von Johann Peter Hebel abgedruckt ist:

Der geheilte Patient

Reiche Leute haben trotz ihrer gelben Vögel doch manchmal auch allerlei Lasten und Krankheiten auszustehen, von denen gottlob der arme Mann nichts weiß, denn es gibt Krankheiten, die nicht in der Luft stecken, sondern in den vollen Schüsseln und Gläsern und in den weichen Sesseln und seidenen Betten, wie jener reiche Ams-

45

terdamer ein Wort davon reden kann. Den gan-
zen Vormittag saß er im Lehnsessel und rauchte
Tabak, wenn er nicht zu faul war, oder hatte
Maulaffen feil zum Fenster hinaus, aß aber zu
Mittag doch wie ein Drescher, und die Nachbarn
sagten manchmal:

„Windet's draußen oder schnauft der Nachbar
so?"

Den ganzen Nachmittag aß und trank er eben-
falls bald etwas Kaltes, bald etwas Warmes, ohne
Hunger und ohne Appetit, aus lauter Langeweile
bis an den Abend, so dass man bei ihm nie recht
sagen konnte, wo das Mittagessen aufhörte und
wo das Nachtessen anfing. Nach dem Nachtessen
legte er sich ins Bett und war so müd, als wenn er
den ganzen Tag Steine abgeladen oder Holz ge-
spalten hätte.

Davon bekam er zuletzt einen dicken Leib, der
so unbeholfen war wie ein Sack. Essen und Schlaf
wollten ihm nimmer schmecken, und er war lan-
ge Zeit, wie es manchmal geht, nicht recht ge-
sund und nicht recht krank; wenn man aber ihn
selber hörte, so hatte er 365 Krankheiten, näm-
lich alle Tage eine andere. Alle Ärzte, die in Ams-
terdam sind, mussten ihm raten. Er verschluckte
ganze Feuereimer voll Mixturen und ganze
Schaufeln voll Pulver und Pillen wie Enteneier so
groß, und man nannte ihn zuletzt scherzweise

nur die zweibeinige Apotheke. *Aber alles Doktern half ihm nichts, denn er befolgte nicht, was ihm die Arzte befahlen, sondern sagte: „Wofür bin ich ein reicher Mann, wenn ich leben soll wie ein Hund, und der Doktor will mich nicht gesund machen für mein Geld?"*

Endlich hörte er von einem Arzt, der hundert Stunden weit weg wohnte, der sei so geschickt, dass die Kranken gesund würden, wenn er sie nur anschaue, und der Tod geh' ihm aus dem Wege, wo er sich sehen lasse. Zu dem Arzt fasste der Mann ein Zutrauen und schrieb ihm seinen Umstand.

Der Arzt merkte bald, was ihm fehlte, nämlich nicht Arznei, sondern Mäßigkeit und Bewegung, und sagte: „Wart', dich will ich bald kuriert haben." Deswegen schrieb er ihm ein Brieflein folgenden Inhalts:*

„Guter Freund, Ihr habt einen schlimmen Umstand, doch wird Euch zu helfen sein, wenn Ihr folgen wollt. Ihr habt ein böses Tier im Bauch, einen Lindwurm mit sieben Mäulern. Mit dem Lindwurm muss ich selber reden, und Ihr müsst zu mir kommen. Aber fürs erste, so dürft Ihr nicht fahren oder auf dem Rösslein reiten, sondern auf des Schuhmachers Rappen, sonst schüttelt Ihr den Lindwurm, und er beißt Euch die Eingeweide ab, sieben Därme auf einmal ganz entzwei. Fürs

andere dürft Ihr nicht mehr essen als zweimal des Tages einen Teller voll Gemüs, mittags ein Bratwürstlein dazu, und nachts ein Ei, und am Morgen ein Fleischsüpplein mit Schnittlauch drauf. Was Ihr mehr esset, davon wird nur der Lindwurm größer, so dass er Euch die Leber verdrückt, und der Schneider hat Euch nimmer viel anzumessen, aber der Schreiner. Dies ist mein Rat, und wenn Ihr mir nicht folgt, so hört Ihr im anderen Frühjahr den Kuckuck nimmer schreien. Tut, was Ihr wollt!"

Als der Patient so mit sich reden hörte, ließ er sich sogleich den anderen Morgen die Stiefel salben und machte sich auf den Weg, wie ihm der Doktor befohlen hatte. Den ersten Tag ging es so langsam, dass eine Schnecke hätte können sein Vorreiter sein, und wer ihn grüßte, dem dankte er nicht, und wo ein Würmlein auf der Erde kroch, das zertrat er.

Aber schon am zweiten und am dritten Morgen kam es ihm vor, als wenn die Vögel schon lange nimmer so lieblich gesungen hätten, und der Tau schien ihm so frisch und die Kornrosen im Felde so rot, und alle Leute, die ihm begegneten, sahen so freundlich aus, und er auch; und alle Morgen, wenn er aus der Herberge ausging, war's schöner, und er ging leichter und munterer dahin, und als er am achtzehnten Tage in der

Stadt des Arztes ankam und den anderen Morgen aufstand, war es ihm so wohl, dass er sagte:

„Ich hätte zu keiner ungeschickteren Zeit gesund werden können als jetzt, wo ich zum Doktor soll. Wenn's mir doch nur ein wenig in den Ohren brauste, oder das Herzwasser lief' mir." Als er zum Doktor kam, nahm ihn der Doktor bei der Hand und sagte ihm: „jetzt erzählt mir denn noch einmal von Grund aus, was Euch fehlt." Da sagte er:

„Herr Doktor, mir fehlt gottlob nichts, und wenn Ihr so gesund seid wie ich, so soll's mich freuen." Der Doktor sagte: „Das hat Euch ein guter Geist geraten, dass Ihr meinem Rat gefolgt habt. Der Lindwurm ist jetzt abgestanden. Aber Ihr habt noch Eier im Leib, deswegen müsst Ihr wieder zu Fuß heimgehen und daheim fleißig Holz sägen und nicht mehr essen, als Euch der Hunger ermahnt, damit die Eier nicht ausschlupfen, so könnt Ihr ein alter Mann werden", und lächelte dazu. Aber der reiche Fremdling sagte:

„Herr Doktor, Ihr seid ein feiner Kauz, und ich versteh Euch wohl', und hat nachher dem Rat gefolgt und siebenundachtzig Jahre, vier Monate, zehn Tage gelebt, wie ein Fisch im Wasser so gesund, und hat alle Neujahr dem Arzt zwanzig Dublonen zum Gruß geschickt."

Pfandflaschen

Schon wieder klemmte der Klappmechanismus. Peter Schorf setzte seinen Schlüssel an. Endlich ließ sich der Mülleimer kippen. Mit seinen Handschuhen durchsuchte er den Inhalt auf Flaschen. Peter sammelte Flaschen, die er rund um seine Villa stapelte, bis er einmal wieder seinen Lieferwagen anwarf und die Beute zu den Supermärkten transportierte. Mit seinem ergrauten Bart und den quirligen Augen stach er jedem ins Gesicht. Jedenfalls denen, die ihn eines Blickes würdigten. Sein Geschäftsprinzip war so einfach wie genial. Außerdem spendete er, was nur wenige wussten, das Pfandgeld immer an soziale Einrichtungen. Der Spaß an der Sache war die körperliche Bewegung in der Stadt.

Der sportliche Middle-Ager hatte eine offizielle Funktion. Er schloss abends das Tor zum Kräutergarten, dem Teil des Rosengartens neben der Stadtbibliothek, der gerne von Jugendlichen aufgesucht wird. Wenn dann Peter abschließen wollte, musste er nur auf eine angetrunkene Flasche deuten. Gleich kam ein freudiges „Ich bring sie dir gleich, hab' sie fast leer!" zurück.

Er wäre die Traumbesetzung für einen Nachtwächter gewesen, wenn man heute noch so jemand gebraucht hätte. Peter Schorf steckte die

Flasche in den halbvollen grauen Plastikbeutel. Wieder ein ertragreicher Tag.

Herumtreiber

Wenn es geht, schleiche ich mich schon am frühen Morgen aus dem Haus, springe über den Zaun hinunter zur Alb. Nichts geht über ein frühes Bad. Meine Partnerin hat mir aus der BNN vorgelesen, dass sich hier, an dieser Stelle, Menschen treffen, die bei 8°C kreischend ins Wasser hüpfen. Und das Samstag für Samstag. Es gibt eben nichts Berauschenderes als das Prickeln auf der Haut, der Schock, der einem die Poren verschließt und das Hirn auf Trab bringt. Ich schüttle mir nur das Wasser aus den Haaren, überquere die Wasenstraße und sprinte zum Spielplatz. Trotz meines Alters habe ich den Spaß am Buddeln und Balancieren nicht verloren. Schaukeln gerne auch, kann ich aber nicht. Das ist etwas für Zweibeiner.

Entlang der Alb, die im Moment tatsächlich ein Fluss ist, schleiche ich mich um die Büsche und schnüffle an Treibholz. Das kann ich nicht lassen. Das ist wohl mein Urtrieb. Hier eine halbvolle Cognacflasche, dort eine verweste Bisamratte, oben auf dem Wehr lehnt sich ein verliebtes Paar an die Brüstung. Sie beschnüffelt die violetten Geranien, er streicht ihr schwarzes Haar. Wie alt die wohl sein mögen? Ich bin sieben Jahre alt, also in Menschenjahren sechzig. Die beiden turteln, sind noch jung. Ich schleiche mich unauffällig hinauf zum Wehrgang, tue unbeteiligt, aber sie beachten mich nicht.

„Und wenn du am Samstag zu mir kommst? Da sind deine Eltern doch immer beim Tennis."

„Gute Idee. Trotzdem werde ich sagen, dass ich zu Sonja gehe."

„Meine Eltern sind an dem Wochenende in Tübingen bei einem Kulturwochenende. Die kommen nicht vor Sonntagabend zurück."

Genug gehört. Die Zwei sind in der Brunft. Es muss ja auch weitergehen mit der menschlichen Rasse.

Überquere die Schillerbrücke Noch nicht viel Verkehr.

Dort hat sich ein älteres Paar niedergelassen.. Er hat graumeliertes Haar, trägt ein Hawaihemd mit passenden kurzen Hosen. Die Frau trägt über einer safranfarbigen Hose einen rostroten Pulli, passend zu ihren roten Haaren. Dass Menschen immer so jung aussehen wollen! Ich nicht. Kann ich auch nicht. Reiner Neid.

Die Frau hat eine Thermoskanne mit Kaffee mitgebracht, er Croissants vom Café Reiter. Ich liebe Croissant. Ich setzte mich hin und schaue die beiden mit meinem Hundeblick an, mit dem ich Türpfosten zum Weinen bringen kann. Sie zögern noch.

Er: „Du weißt doch, dass das für Hunde Gift ist."

Sie: „Jetzt sei nicht so."

Ein Mann im Anzug und Krawatte kommt hinzu und spricht sie beiden freundlich an:

„Guten Morgen zusammen. Schmeckt's?"

„Oh, guten Morgen Herr Arnold. Sie sind aber auch schon früh auf dem Weg zur Arbeit."

Der Oberbürgermeister sieht ihn an: „Oh, jetzt erkenne ich Sie. Der Herr Vogler, unser Stadtreporter. Wieder auf der Jagd nach Indiskretionen? Also guten Tag noch!"

Meine Gastgeber haben gute Laune bekommen und ich kriege ein Viertel Croissant mit Nougat. Es hat einmal wieder geklappt.

Nach einer Weile verziehe ich mich hinter die Toilettenhäuschen, wie es sich für einen wohlerzogenen Hund gehört. Kaum bin ich fertig, höre ich, wie Kyra, die alte Hexe, pardon Katze, über mir geifert. Ich springe sofort hoch auf die Sandsteinmauer, sie macht kehrt, aber so leicht wird sie mich nicht los. Es gibt eine wilde Keilerei. Schließlich zieht sie den Schwanz ein und ich habe eine Schramme an der Schnauze. Ich laufe über die Schillerbrücke. Im Augenwinkel sehe ich das junge Pärchen. Immer noch da. Haben es nicht eilig.

Ich lasse mich auf der Terrasse des Moccasin nieder. Peter, der Pächter, stellt gerade die Sonnenschirme auf. Würde ihm gerne helfen. Er ist immer so nett zu mir. Vielleicht kann ich später ein paar Hundeliebhaber in seine Kneipe locken. Das Rauschen der Alb überdeckt den Autoverkehr. Es riecht nach frischem Kaffee. Ich lege mich in die Sonne und lasse meine Haare trocknen. Der Tag hat gut begonnen.

Richy reinigt seine Glock 17

Richard, alle seine Freunde nennen ihn Richy, reibt den Abzug seines Karabiners mit Öl ein. Er kennt den Aufbau seines Gewehrs, hätte es blind zerlegen können. Er ist glücklich, greift zu seinem Humpen Bier. Genüsslich trinkt er einen Schluck. Er ist in seinem Element. Die Fensterläden seiner dunkel angelaufenen Holzhütte hat er verschlossen. Unter der Haustür ist nur ein schmaler Streifen Licht zu sehen, und das nur auf der Seite, die die Spaziergänger nicht zu sehen bekommen.

Ab und zu ist jemand auf die Reichskriegsflagge aufmerksam geworden, aber im Jahr 2010 hat sich niemand dafür interessiert. Nur er und seine Freunde freuen sich und demonstrieren, dass Deutschland immer noch keinen Friedensvertrag hat. Deshalb erkennen sie Deutschland nicht als Staat an und sie wollen keine Steuern bezahlen. Die Diskussionen, wie man seinen Protest ausdrücken kann, begleiteten ihre Treffen. Wenn die Luft rein ist, wird das Horst-Wessel-Lied angestimmt.

Heute ist Richard traurig. Irgendwie ist der Wurm in der Gemeinschaft. Einige haben sich davon gemacht oder sind ins feindliche Lager gewechselt. Er wird das Haus nicht mehr lange halten können.

Städtepartnerschaft

John Dipster war auf dem Weg zum Brauhaus. Der frische Albtäler Abendwind, der durch die Leopoldstraße zog, stimmte ihn milde. Er freute sich auf das Backhähnchen mit Chili-Dip und Pommes Frites. Dazu eines der unfiltrierten Biere des Braumeisters. Das wird er seinen Freunden aus Michigan erzählen In Michigan wird es bitter kalt sein, wenn er seinen Job in Ettlingen erledigt hat. Aber noch ist es nicht so weit.

Die europäischen Niederlassungen bestehen aus einer Forschungsabteilung in Ettlingen und einer Fabrik für die berühmten Kabelverbindungen in Villemur-sur-Tarn. Die amerikanischen Manager wollen Ettlingen dichtmachen. Und genau das ist Dipsters Job. Jeden Tag mindestens zehn Mitarbeiter rausschmeißen, mit Handschuhen, aber kräftig. Es gab Solidaritätsadressen vom Bürgermeister, betroffene Abgeordnete, Streikposten des DGB. Nichts half. Die Zahl der Mitarbeiter schrumpfte täglich. Als Ausgleich musste sich John Dipster im Vogelbräu betrinken.

Achmed Dimiglu war inzwischen schon fünf Jahre bei der Firma und jetzt drohte auch ihm die Entlassung.

„Würden Sie hier unterschreiben? Es geht um Molex und um meinen Mann natürlich."

Frau Dimiglu fing Dr. Weinlaub zum Feierabend ab. Er war nicht der erste, den sie zur Rettung der Arbeit ihres Mannes angesprochen hatte. Sie war voller Tatkraft.

„Ich glaub ehrlich nicht an einen Erfolg mit den Unterschriften", maulte Dr. Weinlaub, während er unterschrieb. Immerhin standen schon über hundert Namen auf der Liste, die meisten aus Ettlingen-West.

„Wieso wirft die Firma eigentlich alle raus?",

„Sie sagen, sie wollten die Firma in Frankreich zentralisieren. Wer will, kann ja nach Frankreich ziehen. Ist nur 800 km weit weg."

„Das ist dann wirklich ein Witz", gab Weinlaub zu.

Die Firmenleitung in Michigan hatte sich getäuscht. Als die Firma in Ettlingen geschlossen wurde, brachen die Aufträge der Baden-Württembergischen Autoindustrie ein. Nach einem Jahr musste ein anderer Manager versuchen, alle Mitarbeiter wieder einzustellen. Juli 2008 bekam die französische Fabrik einen „Award" für besondere Leistungen. Sie hatten einen Gewinn von 1,2 Millionen Euro erwirtschaftet. Nun wiederholte das Management in Michigan das gleiche Spiel. Im Oktober wurde der Belegschaft mitgeteilt, die Fabrik werde geschlossen.

„Und die Aktionäre haben von der Schließung wahrscheinlich schon vorher erfahren", warf Weinlaub ein.

„Ja klar. Im Gegensatz zum Betriebsrat. Trotz gesetzlicher Vorschriften. Aber dann bauten die Arbeiter vor der Fabrik ein Zeltlager auf."

„Wozu?" fragte Weinlaub mit wachsendem Interesse.

„Sie wollten verhindern, dass in den Weihnachtsferien Maschinen abtransportiert werden", erklärte Frau Dimiglu.

„Und hat es was gebracht?"

„Immerhin haben die Arbeiter bis zum September 2009 durchgehalten. Leider entwickelte sich die Aktion nicht so, wie bei der Uhrenfabrik Lip. Dort haben die Arbeiter das Werk nämlich selbst weitergeführt mit Unterstützung der Gewerkschaften. Bis Präsident Valéry Giscard d'Estaings die Firma durch den Entzug von staatlichen Aufträgen für Renault in die Knie zwang."

„Dann wünsche ich Ihnen noch viel Erfolg für ihre Kampagne, Frau Dimiglu!"

Davon wusste John Dipster allerdings nichts. Nach zwei Maß Bier sah er den Himmel wieder rosig. Aber was die Chefs in Michigan sich ausdenken, das hat er sich in seinen Träumen nicht vorstellen können.

Vergilbte Blätter

Vergilbte Blätter lagen verstreut auf Voglers Teppichboden. Eine Ansammlung von Zetteln, Zeitungsausschnitten. Was hatte sich in den letzten zehn Jahren verändert?

Wer erinnerte sich noch an die zwei FDP-Minister, die ihren Hut nehmen mussten? An den Finanzbeamten, der seinen Job verlor? An den Bürgermeister Offele, der nach der Flowtex-Affaire abgewählt wurde? Eine FDP-Frau löste den CDU Bürgermeister in der Hochburg dieser Partei ab. Die Volksbank Ettlingen machte einen Millionenverlust, und warum? Weil sich ein windiger Horizontalbetrüger das Vertrauen der High Society erschlichen hatte - mit einem simplen Schneeballsystem.

Immerhin handelte es sich bei FlowTex um den bis dahin größten Fall von Wirtschaftskriminalität in der Geschichte der Bundesrepublik Deutschland. Menschen kamen zu Ansehen, andere verschwanden, Schmieder lebte auf Mallorca, die Geisens in St.Tropez, einige Menschen verschwanden in der Psychiatrie.

- Geschäfte wurden in der Innenstadt eröffnet,
- Ärzte gaben ihre Praxen ab,
- die Wilhelmstraße wurde zur Großstadtmeile,
- in Ettlingenweier wurde gebaut,
- Grünabfallplätze wurden eingerichtet,
- die Firma Molex wurde liquidiert und dann wieder aufgebaut,
- aus Papierschneider wurde Papyros und wurde dann doch noch aufgelöst.

- Kinder wurden freudig als Neubürger begrüßt,
- manche Mitbürger starben zu früh,
- Sekten kamen und gingen,
- Honoratioren fanden ihren Platz im Lions-Club,
- andere Menschen bekamen einen Tafelladen,
- Containern wurde verboten,
- Abschreibungen auf Solaranlagen erweitert,
- Kassenbeiträge erhöht,
- Sonderleistungen von Ärzten honoriert,
- die Mehrwertsteuer erhöhte sich über die Jahre
- und viele Firmen verlagerten ihre Produktion
innerhalb der EU oder nach China.

Wie sollte er dies alles ordnen?

Gab es einen Zusammenhang zwischen all den Veränderungen oder war es blinder Zufall, was sich in Ettlingen über die Jahre abgespielt hatte? Martin Vogler entschied sich, auf der Couch ein Glas Riesling zu genießen

Bahnwärter Theil

Das muss schon vierzig Jahre her sein: Wenn man auf der Rheinstraße in Richtung Ettlingen-West fuhr, stand man meist vor geschlossenen Bahnschranken. Wenn man gelangweilt aus dem rechten Fenster schaute, wuchsen hinter einer meterhohen Steinmauer gewaltige Kastanienbäume, dahinter stand ein altes Sandsteingemäuer mit einem runden Erker.

Die Alten wissen noch, dass das einmal die Gaststätte „Fortuna" gewesen ist. Eine schöne Arbeiterkneipe mit Tischen unter Kastanienbäumen, an denen gezecht, getrunken und gesungen wurde. Reisende Monteure fanden dort billige Zimmer, und der Besitzer, ein Metzger, sorgte für Schnitzel und würziges Gulasch. Das war lange her, das große Gasthaus verfiel.

In der letzten Zeit standen oft mehrere Fahrzeuge vor dem Haus. Einmal war sogar ein Dorfpolizist gekommen und hatte nach dem Rechten gesehen. Es war eine ungünstige Zeit für Wohngemeinschaften, seit die Polizei bei jeder Ansammlung langhaariger Jugendlicher auf Sympathisanten der RAF tippten.

Aber die zwanzig jungen Leute, die inzwischen in das Gebäude eingezogen waren, beschäftigten sich lieber mit der Planung eines Paddelurlaubs an der Ardèche zusammen mit Leuten aus anderen WGs, mit hundert dreckigen Tellern, die sich in der riesigen Spüle stapelten, mit den vielen Socken, die von der Waschmaschine gefressen wurden.

Der Bahnwärter war Bernds Onkel. Das war also derjenige, der die Autofahrer nervte, weil er schon zehn Minuten vor Eintreffen des Schnellzugs die Schranken herunterlies. Er hatte ein Signalhorn, das man über die Bahnlinie hinweg und durch die Mauern hindurch in allen Zimmern hören könnte. Dieser Bahnwärter, Theil mit Namen, führte ein zurückgezogenes Leben, bis sein Neffe in die WG einzog.

Bernds Onkel hatte nichts mit dem „Bahnwärter Thiel" gemeinsam, den damals jeder Gymnasiast lesen musste, als Beispiel für den Naturalismus. Nein, Theil hatte keine verstorbenen Frau, der er nachtrauerte, er wurde nicht langsam wahnsinnig oder gewalttätig. Er war ein ganz normaler, glücklich verheirateter Familienvater, der seinen Feierabend genoss, ein umgänglicher Mensch.

Im alten Gasthaus „Fortuna" gab es Kaminöfen, und etwas Holz in der ehemaligen Scheune. Die frierenden Bewohner tackerten Plastikplanen, gefüllt mit Stroh an die dünnen Holzwände des Treppenhauses. Es nützte wenig.

Das war die Stunde von Herrn Theil. Niemand hatte ihm bisher Beachtung geschenkt, aber er hatte, welch himmlische Fügung, einen Berg von Briketts zum Heizen vor seinem Häuschen liegen.

Bernd und seine Genossen brauchten nicht lange zu bitten, und Wärme breitete sich in dem alten Gemäuer aus.

An einem Spätnachmittag machte Martin Vogler, einer der WG-Gründer, wieder einen Besuch bei Theil. Benommen erwachte dieser aus seinem Tagtraum und kam langsam zu sich. Aufgelöst und verwirrt erzählte er:

„Stell dir vor, Martin, ich habe eben mein Signalhorn gehört, aber ich habe nichts unternommen, weil ja kein Zug auf dem Fahrplan stand. Plötzlich gab es ein Brausen, ein Zug kam mit irrsinniger Geschwindigkeit aus Karlsruhe angerast, riss Bäume mit, raste in den fließenden Verkehr auf der Rheinstraße. Autos flogen die Luft, Blut spritzte herum."

Martin versicherte, dass schlimme Träume meist das Gegenteil bedeuteten, ob er vielleicht im Lotto gespielt habe.

Er musste auch etwas loswerden:

„Stellen Sie sich vor, meine Freundin Lena hat genau zu meinem Geburtstag einen neuen Freund zu sich eingeladen. Er soll sogar in ihrem Zimmer übernachten. Ich bin stinksauer. Aber ich sage nichts. Auf einen großen Krach und Streiterei habe ich keine Lust."

So zerredeten sie sich gegenseitig ihre Ängste, und Martin wanderte mit einem Korb voller Briketts über den Bahndamm zurück.

Zwei Tage später erschien Lenas neuer Freund, ein fetter bayrischer Nichtsnutz. Er übernachtete in ihrem Bett und hatte anscheinend bessere sexuelle Fähigkeiten als Martin.

Martin war voller Hass, den er aber weder an Lena noch an dem Bayern auszulassen wagte.

Stattdessen griff er einen Holzprügel aus dem Feuerkorb, zerlegte damit das zuvor gemeinsame Liebesnest, bis nur noch einzelne Bauteile übrigblieben, er riss Bilder von den Wänden, warf ein Holzscheit in den Fernseher, der mit einem Knall implodierte.

In diesem Moment hörte man ein bedrohliches Grollen, das blitzschnell zu einem Brausen und Donnern anschwoll. Das Signalhorn schrie vom Bahnwärterhäuschen. Krachend fielen die Schranken herunter, viel zu schnell und zu heftig.

Zur gleichen Zeit stürmten Voglers Wohngenossen ins Zimmer, um Schlimmeres zu verhindern. Sie sprachen ihm gut zu, beruhigten ihn.

Hinter dem Ettlinger Bahnhof kam der Zug kreischend zum Stehen.

Am nächsten Morgen kletterte Martin Vogler vorsichtig über die Gleise und stieg zu Herrn Theil hinauf. Dieser brühte sich gut gelaunt gerade einen Kaffee auf.

Was war in der Nacht geschehen?

Ein Jugendlicher hatte in Karlsruhe einen Eilzug gekapert und ist mit voller Fahrt in Richtung Ettlingen losgebraust. Und der aufmerksame Bahnwärter Theil hat das Signalhorn gehört und eine tödliche Karambolage verhindern können.

Auf Blumen marschieren

„Sag mir, wo die Blumen sind, wo sind sie geblieben, sag mir wo die Blumen sind, was ist gescheh'n? Mädchen pflückten sie geschwind. Wann wird man je verstehen?" ein Lied von Marlene Dietrich.

Wunderschöner Blumenschmuck schmückte Straßenränder und Altäre. Dies war die alljährliche Demonstration für den katholischen Glauben, für den Glauben an Jesus Christus, seinen eingeborenen Sohn, für dessen Bekenntnis zu Brüderlichkeit und Frieden. Der Pfarrer von Herz Jesu, umringt von Vikaren und Ministranten, zog durch die Friedrichstraße zum vierten Altar, gefolgt von der Kirchengemeinde

Diesen Altar hatte die ND, die Jugendorganisation der katholischen Jugend gestaltet. Einen Nachmittag lang hatten sich die zehn Jungen bemüht, unter Anleitung ihres Gruppenleiters ein aktuelles Thema aufzugreifen. In diesem Jahr war es der Nato-Doppelbeschluss, der nichts Gutes für den Weltfrieden verhieß. Die Jugendlichen malten den Geschützturm eines Panzers vom Titelbild des „Spiegel" auf eine große Leinwand als Hintergrund für den Altar. Dazu hatten Sie Texte und Lieder für die Erhaltung des Friedens ausgewählt. Der junge, engagierte Vikar gab seinen Segen dazu.

Die Gemeinde verteilte sich unter die Bäume an der alten östlichen Stadtmauer. Der Pfarrer blieb mit seinem Tross abseits. Der Vikar sprach einleitende Worte. Die Jungen, unter ihnen Martin Vogler, begannen mit dem Lied: Sag mir, wo die Blumen sind.

Da rührte sich etwas in der Gemeinde. Es war aber nicht das erhoffte Mitgefühl für die Sache des Friedens. Die gläubigen Männer aus der Prozession griffen beherzt in die Müllkübel, zogen leere Flaschen heraus und schleuderten sie auf den Altar, wo sie klirrend zerbarsten.

An diesem Altar wurde nicht weiter zelebriert. Der Pfarrer geleitete die Gemeinde weiter auf ihrem Weg. Der engagierte Vikar wurde alsbald auf Wunsch der Kirchenältesten versetzt.

Martin erfuhr erstmals das Wesen von Bigotterie und trat aus der Kirche aus. Die Narzissen, Studentenblumen und Rosenblätter wurden zertreten.

Dr. Weinlaub rüstet auf

„Das gibt's doch nicht!" Erwin Weinlaub hatte sich in seiner raren Freizeit auf Anraten eines Kollegen im Internet umgeschaut. Er fand ein Endoskopie-Gerät für knappe tausend Euro. Er dachte, die Dinger seien deutlich teurer. Das Gerät sah zwar aus wie ein Foltergerät mit metallenen Wirbeln, aber es war ein Schnäppchen. Außerdem kaufte er gleich noch ein preiswertes Ultraschall-Gerät von Toshiba.

Bildgebende Verfahren, das war das neue Zauberwort. Man konnte dadurch deutlich mehr erkennen, und wer als Arzt kein solches Gerät hatte, fiel bei manchen Patienten durch. Na, vielleicht nicht bei seinen Kunden aus Ettlingen West. Aber bei den wenigen Privatpatienten. Außerdem lassen sich damit deutlich rentablere Ziffern der GOÄ einheimsen als mit einer Tastuntersuchug oder mit einem Urintest. Erwin Weinlaub fühlte sich gleich fünf Zentimeter größer. Sein Vater war doch nicht der Übervater, für den er ihn als Kind immer angesehen hatte.

Wilhelm Weinlaub war sicher ein guter Arzt gewesen. Aber technisch hinter dem Mond. Erwin erhob sich und schlüpfte in seinen weißen Kittel, und stellte sich in Seitenposition vor den Schminkspiegel seiner Frau. Seine Geheimratsecken waren noch nicht weit fortgeschritten, sein Haar dunkelbraun, seine Brust war geschwellt und seine Augen leuchteten, als er, nur so für sich, mit seiner etwas gepressten Stimme rief:

„Der Nächste bitte!"

Verkalkt

Wer in Ettlingen den Wasserhahn aufdreht, tut seiner Gesundheit etwas Gutes. Viel Kalk, der Puffer gegen die Säure, fließt die Gurgel hinunter, baut Knochen auf. Ganz anders dagegen schmeckt das Wasser, das noch heute manche Unverbesserliche aus offenen Quellen wie der bei Neurod in Plastikeimer abfüllen. Über Geschmack kann man streiten.

Nicht streiten kann man allerdings darüber, was der Kalk in Wasserkochern, Hausleitungen,

Boilern, Waschmaschinen und Geschirrspülern macht. Weiße Kalkflecken, die man, so man Glück hat, mit Essigreiniger wieder entfernen kann. Was leidet, ist die Langlebigkeit von Rohren und Maschinen.

Dr. Semmelweiß war sauer. Nach jedem Einsatz musste er seinen Dampfsterilisator entkalken. Warum kümmert sich darum niemand? Was macht der Gemeinderat? Die da oben könnten es doch richten. Zumal Gemeinderäte im Aufsichtsrat der Stadtwerke sitzen.

Es gab einmal einen Versuch, das zu ändern. Mutig versuchte die Fraktion der Grünen, gegen alle anderen, eine zentrale Entkalkungsanlage durchzusetzen. Warum wurde daraus nichts? Warum wurden städtische Quellen abgeschaltet, obwohl die Verunreiniger auf den Bergen bekannt sind? Warum müssen die Ettlinger das Wasser, so wie Karlsruhe, aus dem unendlich großen Unterwasserstrom des Rheines beziehen? Dort, worin immer wieder diverse Schadstoffe einsickern. Ja, ja wird alles verdünnt bis unter die Messgrenze.

Aber bei der Kommune geht's nicht so schnell.

Da gibt es verschiede Quellzuflüsse, die einzeln gereinigt werden müssten.

Da gibt es andere Gemeinden, die ihr Wasser entkalken, aber noch zusätzlich von Ettlingen

Wasser beziehen und die nicht doppelt bezahlen wollen.

Da gibt es die Einfamilienhausbesitzer, die sich schon eine Entkalkungsanlage eingebaut haben, mit UV-Licht, Salz oder Magneten.

Da sind die Teetrinker, die auf das Aroma kalkhaltigen Wassers schwören.

Es gibt Pferdehöfe mit viel Dung,

Es gibt Handwerker, die gerne Arbeit durch Entkalkung haben.

Da gibt es Gutachter, die beweisen, dass das Wasser durch die Entkalkung viel teurer würde.

Es gibt Gutachten, die nie veröffentlicht werden.

Und es gibt die Zeit. Es vergehen viele Jahre, zwischen Gutachten und verstorbenen Gemeinderäten.

Und so rieselt er weiter, der Kalk.

Eine Boxweltmeisterin im Tiziano

Die Leinenschirme über den Tischen ließen die Hitze erträglich werden. Am Samstagnachmittag war das Cafe wie immer überfüllt, einige Leute trugen ihr Eis zu den Bänken und genossen es in der Hitze neben dem Narrenbrunnen. Gesine und Stella konnten einen Platz am Rande des

Gebäudes zu erwischen, dort, wo der Albtäler Wind ein wenig Zugluft brachte.

„Und das warst du?", fragte Gesine noch einmal. Sie konnte nicht verstehen, dass Stella sie nicht schon früher angerufen und ihr die Sensation mitgeteilt hatte.

„Aber ja doch, ich sage es dir. Es war ziemlich gruselig. Ich bin wie üblich meine tausend Meter über den See geschwommen, ganz easy, da kann ich immer total abschalten. Und auf einem stoße ich mit meinem Arm auf etwas Festes. Ja, aber auch Weiches. Ich habe gleich gemerkt, dass das kein Baumstamm ist. Ich bin sofort einen großen Bogen geschwommen. Nach meinem Anruf hat die Polizei die Arbeit übernommen. Mehr weiß ich nicht. Ich musste weiter."

„Aber ich weiß was!", ergänzte Gesine. „In der Zeitung steht, dass es ein Reporter aus Ettlingen war. Er heißt Martin Vogler. Und weißt du was? Mir kam der Name bekannt vor. Ich hab' ihn tatsächlich in der Patientenkartei von meinem Chef gefunden".

„Also vom Weinlaub?".

„Ja logo, ein Job als Arzthelferin reicht mir."

„Und, hat der was gehabt?".

„Nö, nix besonderes. Mal Rückenschmerzen, mal eine Blasenentzündung. Wahrscheinlich einige Krankenscheine."

„Ja, dafür ist dein Doc ja bekannt."

„Das machen doch alle" erwiderte Gesine, „oder?"

„Das ist ein gefährliches Feld. Ich will darüber nicht reden. Wenn man als amtierende Boxweltmeisterin so im Lampenlicht steht, sollte man es sich mit den Ärzten nicht verderben. Aber nicht was du meinst, ich hab' mit Doping nichts am Hut."

„Ja, das dachte ich mir."

„Ist es nicht herrlich, bei diesem Wetter einen Cappuccino zu genießen?"

Stella fächelte sich mit der Eiskarte Luft zu.

„Ja, mit dir schon. Aber eigentlich würde ich lieber schwimmen. Leider ist mir die Lust dazu ziemlich vergangen."

Paragrafenreiter

„Das darf doch nicht wahr sein. Gleich wird er mich noch fragen, welche Beziehung ich zu meinem Vater hatte." Dr. Heiner Strasser, ein gutaussehender smarter Enddreißiger, sportlich, erfolgreich, war verzweifelt. Ausgerechnet am Sonntag hatte ihn seine Migräne zu Boden gerungen, er war zu nichts fähig. Er lag auf der Couch und stöhnte, wälzte sich zum Handy und suchte den ärztlichen Notdienst heraus. Herr Semmelweiß in Ettlingen

„Ausgerechnet zu diesem Quacksalber!" Strasser hatte nichts Gutes von dem Mann gehört.

Strasser betrat dem Praxisraum und erblickte den uralten Geräteschrank aus grau lackiertem Stahl, das Regal mit den Globuli, den antiquierten Dampfsterilisator. Dieser Arzt arbeitete offensichtlich lieber mit Pflanzen als mit Schmerzmitteln, ruckelte an einem herum. Nichts Wissenschaftliches. Wie der wohl seinen Approbation erhalten hatte?

„Wenn Sie sich bitte auf die Liege legen könnten. Nein, sie brauchen nichts auszuziehen.... Und jetzt drehen Sie sich bitte auf den Bauch. Ja, so, danke."

Strasser kannte das. Gleich würde er eine subkutane Spritze mit Triptanen erhalten. Das half ihm am besten. Allerdings kamen die Schmerzen oft wieder, wenn die Wirkung des Medikaments nachließ. Gott sein Dank war heute Sonntag. Heute musste er keinen vollen Einsatz bringen. Ständig am Rechner wegen der Recherchen, am Handy wegen des Kontakts zu Klienten oder den Richtern, denen man Druck machen musste, damit nicht ständig Termine verschoben werden oder gar ausfallen.

„Entschuldigung, Sie haben keine Ahnung war bei uns los ist. Wenn man heute als Anwalt arbeitet, verdient man zwar gut, aber nur, wenn man immer hundertfünfzigprozentige Leistung bringt."

Herr Semmelweiß bat ihn, zu schweigen. „Ich muss mich auch konzentrieren."

Der Arzt nahm seinen Hinterkopf in beide Hände und schaukelte ihn hin und her. Strasser wurde ruhiger. Er merkte, wie sich seine Nackenmuskulatur verschob, es knackte ganz leicht, seine Stirn wurde kühl, und plötzlich war der Schmerz verschwunden. Der Arzt sah seinem Gesicht an, welche Last von ihm gefallen war. Strasser war zu benommen, um sich den suggestiven Fragen zu entziehen, die ihm Semmelweiß jetzt vorlegte.

„ Sind Sie eigentlich verheiratet? Früher war das einfacher, als die Leute noch Ringe trugen wie die Vögel."

Strasser hatte nicht erwartet, dass Semmelweiß Sinn für Humor hatte.

„Wissen Sie, ich bin Scheidungsanwalt. Das färbt ab. Wenn man täglich von den ungelüfteten Schlafzimmern, den nicht richtig ausgedrückten Zahnpasta Tuben, den nicht angehobenen Klodeckeln hört, dann weiß man, dass es sich eigentlich nicht lohnt, sich bis zum Scheidungstermin zu verheiraten. Zumal das dann immer ziemlich teuer wird. Nun ja, davon lebe ich schließlich."

„Sie haben also noch nie ernsthaft versucht, einen Menschen näher an sich heranzulassen? Mir würde schon das Kuscheln fehlen, vom Sex ganz zu schweigen."

Dr. Strasser war überrascht, dass dieser Arzt so offen mit ihm sprach. Das war nicht so dieses ewige verständnisvolle Zuhören wie bei seinem Psychotherapeuten. Das wirkte zumindest echt.

„Wenn ich sie einmal etwas anderes fragen dürfte?"

„Das dürfen Sie gerne, Herr Strasser, aber beantworten Sie mir doch bitte zuerst meine Frage."

„Ja, ich hatte ein paar Freundinnen. Einige haben sich auch für mich als erfolgreicher Anwalt und guter Golfspieler interessiert. Aber ich hatte nicht das Gefühl, dass sie wirklich mich meinen."

„Ich verstehe. Nun zurück zu Ihnen. Haben Sie die Frauen gemeint, als sie mit ihnen schliefen?"

„Ich verstehe nicht."

„Also, noch einmal vereinfacht. Haben Sie gewusst, was das Lieblingsgericht einer Freundin ist, was sie an einer bestimmten Freundin so bemerkenswert findet, warum sie sonntags in die Kirche geht, ob sie noch trauert um eine Fehlgeburt, weshalb sie mit dem Rauchen aufgehört hat."

„Ich bin nicht so der große Frauenversteher."

„Das kann schon sein. Aber was Hänschen nicht lernt, lernt Hans immer noch!"

„Heißt das Sprichwort nicht anders?"

„Gut aufgepasst. Aber ich habe eine neues erfunden. Extra für Sie, Doktor Strasser. So jetzt wollten Sie mich noch etwas fragen."

„Wie finanzieren Sie ihre Praxis, wenn sie allen Patienten so lange zuhören. Das rechnet sich doch nicht. Da kriegen Sie fünfundzwanzig Euro für eine halbe Stunde. Wissen Sie, was ein Coach nimmt?"

„Sicher weiß ich das. Aber mein Häuschen ist abbezahlt und ich brauche weder Personal noch eine luxuriöse Einrichtung meiner Praxis. Ich lebe mit meinen Patienten. Oder anders gesagt, ich liebe meinen Beruf."

Strasser fiel dazu im Moment nichts ein.

„Wenn ich Ihnen noch etwas auf den Weg geben darf: Lesen Sie heute nichts mehr, schauen sie auch nicht auf den Bildschirm oder das Handy. Tun Sie sich etwas Gutes. Gehen Sie im Wald spazieren, nicht joggen. Wenn sie spüren, dass ein neuer Schub kommt, nehmen sie ein warmes

Bad, vielleicht mit Rosmarin oder Fichtennadeln. Und hier noch ein Rezept, wie es sich gehört. Nur bei Bedarf bitte: Gelsemium Homaccord acht bis zehn Tropfen bei einem Anfall. Bei einfachen Kopfschmerz Spigelia eine Tablette."

Verblüfft verabschiedete sich Dr. Strasser von dem Heiler mit Doktortitel.

Oxford

Als Briefträgerin zu arbeiten hatte Alischa Dimiglu von ihren verschiedenen Jobs am besten gefallen. Mit ihrem sehr guten Realschulabschluss hatte sie sich bei der Oberpostdirektion beworben. Sie bekam den Bezirk Ettlingen West. So konnte sie die Pappelallee, die Hohenwiesenstraße und den Kiefernweg auf und ab marschieren. Jeder zehnte Brief, den sie an den kleinen Häuschen ablieferte, bot Gelegenheit, mit den Bewohnern zu plaudern.

Früher war es besser gewesen, als Postboten auch die Renten oder Lottogewinne ins Haus brachten. Ein Kollege, den sie vertreten sollte, schwärmte von Kuchenstücken und Schnäpsen, die er spendiert bekam.

Nach drei Monaten hatte sie so viel gespart, dass sie sich eine Reise durch Frankreich, Spanien, Italien, Österreich, Kroatien und Griechenland leisten konnte.

Die Eltern waren strikt dagegen gewesen. Aber Alischa hatte Durchsetzungsvermögen. Sie wollte den deutschen jungen Frauen in nichts nachstehen.

Beim Surfkurs in Biarritz lernte sie einen französischen Medizinstudenten kennen. Er half ihr beim Borden und erzählte ihr von seiner „année d'études à option(Famulatur) in Nantes. Alischa war fasziniert, was Michel von seiner Arbeit mit den Patienten berichtete. So verschaffte er ihr einen Überblick über medizinische Untersuchungen. Zumindest für den Hausgebrauch. Sie konnte sich gut vorstellen, einen medizinischen Beruf zu erlernen.

Doch zunächst lernte sie Norwegen und Schweden kennen, futterte Blaubeeren und Pilze, tauschte bei den Norwegern Cognac von Aldi gegen Übernachtungsmöglichkeiten, schlief in Scheunen. Sie traf Calinda, eine englische Reisegefährtin. Von ihr bekam sie Tipps für England. Daraufhin besuchte sie Oxford, Cambridge und Edinburgh und begeisterte sie sich für Sprachen.

Nach einem einjährigen Meditationstrip in Indien fand sie es mit inzwischen dreiundzwanzig Jahren an der Zeit, endlich eine Berufsausbildung zur Medizinischen Fachangestellten zu beginnen.

Alischa ist die Nummer drei

Nach einer Woche träumte Alischa von der Arbeit. Sie schwebte auf Wolke sieben durch die Behandlungsräume, versprühte ihr Lachen, war gern gesehen. Dr. Weinlaub, kam ihr vor wie die ältere Version von Michel.

Sie bewunderte seine Fachkenntnisse in der Reisemedizin. Seine Ultraschallbilder waren ihr immer noch ein Rätsel, obwohl er ihr schon einige gezeigt hatte. Er erkannte schnell, was den Patienten fehlte und er strahlte Autorität aus. Er belehrte die Patienten, wenn sie merkwürdige Ideen zu ihren Krankheiten im Internet gefunden hatten. Außerdem war er sehr nett zu ihr, fand sie. Schon in der zweiten Woche ihrer Probezeit in der Praxis, war sie beim Blutdruck- und Fieber messen dabei, hatte schon die Übergabeliste für das Labor geschrieben.

Mit Gesine und Gerda war sie bereits per DU.

Am Empfang war sie die Nummer drei, die jüngste, die unerfahrenste, der man jeden Vorgang erklären musste. Aber nur einmal. Die Kolleginnen freuten sich über ihre gelehrige junge Mitarbeiterin. Zweimal schon hatte der Doktor nach einer weiteren Kraft gesucht. Dumm herumgestanden sind sie, haben sich in den Pausen nicht zu ihnen gesetzt und stattdessen auf ihrem Handy gedaddelt.

„Wenn die Alischa so weitermacht, wird sie hier noch die Chefin", meinte Gerda Klein scherzhaft.

Gesine musste gerade einen Mann abwimmeln, der sofort und jetzt einen Termin haben wollte. Sie hatte ihn fast schon so weit, als die Neue sie zu sich an den PC winkte.

„Da schau mal. Morgen um 8:45 Uhr ist ein Termin frei geworden."

Gesine konnte den widerborstigen Patienten auf den nächsten Tag bestellen.

Akbas der Syrer

Es wäre Martin Vogler nicht im Traum eingefallen, im reifen Alter von 62 Jahren eine Kirchenführung zu veranstalten. Aber anscheinend ist die Jugend ein Hort unauslöschlicher Erinnerungen. Sein Vater, ein katholischer Architekt, hatte ihn bis zur Pubertät in jede Abtei, jede Kirche, jedes Münster, jede Kathedrale geschleift, die am Wege lag. Und es gab viele Wege, durch Deutschland, Italien, Frankreich und Spanien. Überall lebte der Geist des Katholizismus, versteinert in Sandstein und Beton, in Krypten, Gemälden und Heiligenstatuen.

Nun sollte man meinen, all diese Erlebnisse würden Martin zum Vorteil gereichen. Jetzt, da er einem leibhaften Syrer die katholische Kirche näher bringen sollte. Auf Wunsch des Syrers. Und das kam so.

Martin hatte sich angeboten, einem Syrer gehobenes Deutsch, Englisch und BWL beizubringen. Die Betonung liegt auf gehobenes Deutsch. Denn Deutsch wie jeder Deutsche sprach er bereits.

Der junge Mann war achtzehn Jahre alt, klein, schlank und wohlerzogen. Er war lernbegierig, und wollte auch in die fremde Kultur eingeführt werden. Und dazu gehört das Christentum.

Vogler wurde vor jeder Lektion mit Tee und einem Obstteller verwöhnt, der Junge verbeugte sich vor ihm wie vor einem Emir, lächelte freundlich.

Auf Akbas lastete eine schwere Verantwortung. Nach dem Tod seines Vaters im Bürgerkrieg wurde er zum Familienoberhaupt über seine Mutter und seine beiden jüngeren Schwestern. An ihm lag es, im fremdsprachigen Land durch Leistung und Schulnoten einen Studienplatz in Medizin zu erhalten, eine Leistung, die nur wenige Deutschen schaffen. Akbas lernte mit Würde.

Seine einzige Stütze war sein muslimischer Glaube, den er mit Überzeugung lebte.

So war es für Martin Vogler denn eine geradezu christliche und abendländische Pflicht, den jungen Mann von der Bedeutsamkeit des Christentums zu überzeugen, natürlich nicht zu konvertieren, denn dazu war er der falsche Mann.

Als er die Klinke der schweren hölzernen Tür der Martinskircherdrückte, tauchten vergrabene Erinnerungen an diese Kirche wieder auf. Zuerst schaute er in die hohe Kuppel. Sie war nach seinem Kirchenaustritt von Emil Wachter mit einem Deckengemälde ausgestattet worden. Harte, wie ihm schien, unpassende Farbkombinationen illustrierten Geschichten aus der Bibel. Dazwischen ein Motorrad.

Der Kirchenraum hatte sich verändert. Der Pfarrer predigte nicht mehr von der Kanzel herunter, und dann wurde das neue Rednerpult immer näher an die Gläubigen heran gerückt. Fast hätte man glauben können, der Geistliche sei einer von ihnen. Aber natürlich nicht ganz.

Doch noch immer atmet der Raum die Glaubenswelt des Barock, die Augusta Sybilla hier hatte errichten lassen. In den zwei Nebenaltären leben die Nebenheiligen weiter: Maria, Josef, Gabriel. Am schwersten waren die Putten zu erklären. Für Akbar war schon die Darstellung des

Herrn Jesus ein Frevel. Aber was sollten dann noch Gottvater und der Heilige Geist?

Am Hauptaltar erinnerte er sich wieder an Pfarrer Weick. Als er zwölf Jahre alt war, sollte er gefirmt werden. Heute würde man sagen, er wurde gecheckt, ob er bereit wäre, der Märtyrer für seinen Glauben zu sein. Tatsächlich war die Prüfung ähnlich. Jung-Martin hatte sich aus Versehen auf die falsche Treppenstufe vor den Pfarrer gekniet. Weick hatte ihm eine saftige Ohrfeige verpasst.

Erinnerung ausschalten. Die Putten zu erklären, die überall herumflogen, war das Schwierigste an der Kirchenführung. Eigentlich hatte Vogler sagen wollen, das seien die christliche Pendant zu den Huris, die islamische, im Kampf für ihre Religion gestorbene Gotteskrieger im Paradies erwarteten. Aber das verkniff er sich aus Pietätsgründen.

Wie aber die nackten Kleinkinder mit Flügeln erklären? Sicher nicht als Kinder, die als Frühchen verstorben waren. Was für eine makabre Vorstellung, den Tod von Kindern zu glorifizieren. Oder waren sie Symbole für geschrumpfte Heilige? Oder im Himmel von Engeln gezeugter Nachwuchs? Keine Erklärung wollte passen.

Das einzige, was er, stolz auf seine geringe kirchliche Bildung, erläutern konnte, waren die

Knochen und Totenschädel zu den Füßen von Kirchenfürsten. „Das sind Symbole für die Vergänglichkeit, für die Sinnlosigkeit der Arbeit des Menschen. Man nannte das lateinisch Vanitas. Ein Zeichen, dass wir Menschen auf der Erde nichts vollbringen, dass nur Gott lenkt und uns alles jederzeit wieder wegnehmen kann."

Vogler dachte daran, wie sehr gerade das auf Akbar zutraf. Ihm war der Vater, das Haus, das Familienvermögen, sein syrisches Abitur, sogar sein Vaterland einfach so genommen worden. In einem Krieg, noch sinnloser als manche andere. In dem sich Muslime, Christen und Gottlose bekriegten.

Sie beeilten sich, die Martinskirche wieder zu verlassen. Zum Abschluss gab es Tee mit Obst in der Unterkunft, die die evangelische Kirche zur Verfügung gestellt hatte.

OB Arnold lädt ein

Juni 2012: „Ich freue mich, dass Sie so zahlreich erschienen sind", sprach OB Arnold ins Saalmikrophon. Mein Gott, dachte er. Die

Schlossgartenhalle war fast komplett voll. Was hatte man ihm da eingebrockt!

Vierhundert Menschen saßen in der Halle, der Geräuschpegel war jetzt schon erschreckend hoch. Die Leute kannten sich. Die Anwohner der Schöllbronner Straße, die sich über den zusätzlichen Lärm beklagen würden. Das war aus den Leserbriefen der BNN schon im Vorfeld klar.

Er blickte zu seinen Sitznachbarn Professor Gassmann, der Architekt, dessen Entwurf für das Baugebiet „Albgrün" preisgekrönt wurde. Stadtamtsleiter Müller würde ihm zur Seite stehen. Die Stimmung war aufgeheizt. Und die Presse war natürlich auch da.

Als er vor einigen Monaten zum Oberbürgermeister gewählt wurde, hatte er sich gefreut über diese sorglose bürgerliche Stadt, mit viel Kultur, schöner Architektur, Arbeitsplätzen, genügend Steuereinnahmen. Und nun das!

Herr Müller übernahm die Moderation:

„Die erste Frage bitte!"

„Herr Oberbürgermeister, stimmt es, dass die berühmte Lagune, die dieses Neubaugebiet auszeichnen sollte, überhaupt nicht gebaut wird?"

Arnold räusperte sich.

„Das stimmt. Das haben die Investoren so entschieden. Zu teuer. Aber ich kann ihnen eine gute Nachricht bringen: Dafür werden an der

Stelle zwei Spielplätze gebaut, direkt mit Anschluss an die Alb!"

„Wird jetzt auch noch der neue Aldi direkt an das Albgrün angebaut? Das gibt doch eine Menge neue PKWs, die an und abfahren!"

„Auch da habe ich gute Nachrichten. Nach den vielen Protesten hat sich Aldi entschlossen, am alten Standort neu zu bauen."

Verhaltener Applaus.

„Wir wohnen gleich hinter dem Albgrün. Wenn die jetzt fünfstöckig bauen, dann spüren wir nichts mehr von dem Albtäler Wind und haben im Sommer eine Affenhitze."

Gerade wollte Arnold antworten, da rief jemand aus dem Saal:

„Was, wie, bisher stand doch immer im Entwurf, dass die Häuser nur drei Stockwerke hoch sind!"

Professor Gassmann schaltete sich ein:

„Da haben Sie Recht. Es wird ein wenig anders, als damals geplant wurde. Die hübschen fünfeckigen Häuser werden kommen. Aber es wird zwanzig Prozent mehr Fläche zugebaut. Das heißt, die Häuser rücken enger zusammen. Die Investoren müssen eben auf's Geld schauen..."

„Ich höre immer nur die Investoren müssen, die können nicht anders. Die wollen immer das meiste Geld rausziehen."

„Hätte die Stadt nicht auch anders bauen können, sowie im Magnolienpark in Ettlingen West?"

„Übrigens, was kostet denn so eine Zwei-Zimmer-Wohnung. Soll ja ein Wohnviertel für junge Familien sein."

Müller sprang Arnold bei.

„Sechzig Quadratmeter kosten dreihundertsechzigtausend Euro.".

Lautes Zischen.

„Das ist doch für Millionäre, die die Wohnungen als Kapitalanlage kaufen. Die kosten dann mindestens elf Euro pro Quadratmeter."

„Dafür hat man früher ein ganzes Haus kaufen können!"

Das kam aus der Linken Ecke.

„Das tut Herrn OB Arnold sicher leid, dass da manche nicht zum Zug kommen, aber die Preise machen die Investoren", merkte Müller an.

Pfiffe, Gegröle von einer Gruppe von Jugendlichen. Arnold wünschte sich nach Hause. Bis zum Ende der Veranstaltung dauerte es noch eine Stunde. Aber er hatte schon schwierigere Situationen bewältigt.

Die Gärtnerei

Es war Sonntag, und sie wollte ihren Besuch im Kaffee mit einem Ausflug in den Horbachpark verbinden. An diesem Morgen ahnte Eva-Marie Wutke nicht, dass ihr eine weitere Aufregung bevorstand. Sie schob ihren Zwillingsbuggy mit den beiden kleinen Mädchen auf dem Querweg zwischen Schulzentrum und Wilhelmstraße. Es gab viel zu sehen.

Junge Geißlein hüpften durch das Gras, in den Schrebergärten wurde gegrillt, dass ihr der Duft von Gebratenem in die Nase stieg. Die wilden Brombeerbüsche um die Gärtnerei brauchten nur noch ein paar Wochen. Die Fensterscheiben der Gewächshäuser waren gesprungen oder fehlten komplett. Sie verweilte mit ihren Gedanken bei diesen Ruinen.

Früher hatte sie hier gearbeitet. Viele Jahre hat sie sich gebückt und Stief-mütterchen eingesetzt, Bohnen geerntet, Gewürzpflanzen gestutzt. Alles, was sich auf dem Ettlinger Wochenmarkt oder an die Stadtgärtnerei verkaufen ließ. Vorbei. Die beliebte und viel besuchte Gärtnerei war, abgesehen vom Wohnhaus, verfallen. Die Konkurrenz in Holland mit ihren riesigen Plantagen, mit Bienen, die als Gastarbeiter zum Bestäuben eingesetzt werden, mit den schnellen

Lastwagen, die Blumen, fertige Sträuße und Kübelpflanzen aus sechshundert Kilometern Entfernung über Nacht nach Ettlingen brachten, hatte konkurrenzlose Preise.

Es ist eine Schande, dachte sie bei sich. Ein blühendes Unternehmen, eine gute Arbeitgeberin, und dann so etwas.

Während sie vor sich hinträumte und ihren Blick über die Skelette der Gewächshäuser wandern ließ, hatte sie den Kinderwagen aus den Augen gelassen.

„Mama, wo ist Thea?"

Ruckartig blickte sie in den Buggy, worin Theresa alleine saß. Thea war verschwunden. Auf dem Fahrweg war sie nicht und die Schrebergärten rechts waren eingezäunt.

„Sie wird doch nicht unter die Brombeeren gekrabbelt sein. Dieses Kind macht mich wahnsinnig!"

„Thea, Thea!", brüllte sie in Richtung auf die ehemalige Gärtnerei. „Hallo, ist da jemand?".

Keine Reaktion. Sie fand eine Lücke im Buschwerk und zwängte sich hindurch. Stacheln, egal. Rote Flecken auch. Sie rannte in Richtung des Wohnhauses. Sie hoffte, dass die Wachhunde nicht mehr lebten. Obwohl, vielleicht würden sie sie sogar noch kennen. Hinter dem Haus, kein Mensch. Doch da war die Kleine, sie rannte blitzschnell zum Hügel. Eva-Marie wusste, was sich dahinter verbirgt.

„Bitte nicht!", ging es ihr durch den Kopf.

Sie rannte, aber das Kind war schon über dem Hügel verschwunden. Als Eva-Marie auf der Kuppe stand, hörte sie es platschen. Der künstliche Teich, der als Wasserreservoir diente, war bis zur Böschung gefüllt. Thea im Wasser. Aber was war das? Das Kind schwamm wie ein kleiner Hund, so sicher, als sei das Wasser sein Element.

Eva-Marie lief um den Teich herum und fischte ihr Pflegekind, aus dem Wasser. Es triefte, aber es strahlte.

Aus dem Gärtnergebäude kam nun ihre frühere Arbeitgeberin. Diese konnte ihr mit einem Handtuch aushelfen. Sie hätten gerne eine Weile geredet, aber da fiel Eva-Marie ein, dass sie ja noch ein Kind hatte.

Auf dem Golfplatz

Wenn Dr. Kappler vom Thomashof über den Kamm entlang den Pappeln fuhr, war das der Beginn des Urlaubs. Das war die Straße, auf der seine kleine Freiheit begann. Wohin er floh, wenn ihm die Verantwortung zu groß wurde. Die Anstrengungen der Woche fielen von ihm ab. Sein Land Rover nahm die Linkskurve mit 80 km/h ohne Probleme. Dieses Fahrzeug war auch im Urlaub prima. Einsame Feldwege, holprige Böschungen. Alles kein Problem mit Vierradantrieb und hohem Radstand.

Er kam auf dem Parkplatz vor dem Golfclub zum Stehen. Das Wetter war hervorragend. Gerade sah er, wie eine Mitarbeiterin zwei Spaziergänger vom Green geleitete. Immer wieder verliefen sich ungebetene Gäste auf dem Gelände in der Annahme, diese seien Wanderwege. Dabei können die fliegenden Golfbälle zu lebensgefährlichen Geschützen werden. Das zumindest besagen die aufgestellten Hinweisschilder. Eigentlich hat man als Mitglied des Clubs Anspruch auf Exklusivität Kein Clubfremder soll zuschauen, wenn man viermal den Putschläger schwingen muss, um aus drei Meter Entfernung den Ball im Loch zu versenken.

Er holte seinen Caddy aus dem Kofferraum, grüßte Herrn Prof. Dr. Eisenmann vom KIT, seinen langjährigen Golfpartner und Freund aus dem Ettlinger Lions-Club, und gemeinsam begaben sie sich auf Wanderschaft, wie sie das nannten. In der Ferne schien man eine Burg mit badischer Flagge zu sehen, aber sie wussten, dass diese Attrappe nicht einmal Schutz bot bei plötzlich einsetzendem Regen.

Er schwang seinen Schläger, vermied den Bunker und die anderen Penalty Areas und kam damit schon auf zehn Meter an das erste Loch heran. Prof. Dr. med Kappler und Prof. Eisenmann liefen weiter.

Kapplers Gedanken schweiften ab. In der Klinik war der Budget-Koller ausgebrochen. Keine neue Krankheit, nur der Wunsch, aus den Fallpauschalen ein Maximum an Profit herauszuholen. Sparen an Personal, an Medikamenten. Auslastung der teuren MRT-Geräte. Viel Unsinn, aber wirtschaftlich zielorientiert. Und Dokumentation. Wenn er auf eine Station auf Visite kam, konnte es sein, dass von vier Schwestern drei vor den PCs saßen und Patientendaten eingaben. Wo blieben die Patienten?

Früher, zu seinen besten Zeiten, hatte er mehrere Artikel über die minimalinvasive Behandlung von Nierensteinen veröffentlicht. War damit auf Kongressen als Redner geladen worden. Alles vorbei.

Heute nur noch lähmende Routine. Aber immerhin gab es noch erfreuliche Kontakte mit den ärztlichen Kollegen, Schwestern und Pflegern. Und das hier. Sein Gesicht wurde glatt und leuchtend. Ja, sein Golfsport.

Heute Abend wird er mit seiner Frau nach Baden-Baden fahren. Zur Oper „Rigoletto" mit Anna Netrebko. Gott sei Dank war die Sängerin von ihrer Covid-19 Erkrankung erfolgreich in einem New Yorker Krankenhaus kuriert worden. „Kannst du mir mal wieder zuhören?", sprach ihn Prof. Eisenmann von der Seite an. „Zu viel Träumerei können wir uns nicht leisten!"

Sauerbraten, Piroggen und Sluba

Zu Beginn des Jahres 2016 hatten sich die Finanzen von Dr. Erwin Weinlaub noch nicht entscheidend verbessert. Jedenfalls nicht so, wie es seine Frau erwünscht hatte. Olga hatte sich gewünscht, nicht nur zu Hause zu sitzen und ihm Wiener Schnitzel, Sauerbraten, Piroggen und Sluba zu bereiten. Sie putzte nicht gerne und die seltenen Fälle, bei denen sie gemeinsam ausgingen und bei der ihr bescheinigt wurde, dass ihr Deutsch ausgezeichnet war, hatten noch keinen Erfolg gezeigt.

So verlegte sie ihren Ehrgeiz darauf, den kleinen Garten in der Buhlstraße auf Vordermann bringen zu lassen. Oft suchte sie dazu im Branchenbuch bewusst russische Gartenbauer, mit denen sie voller Freude die Details diskutieren konnte. „Straswuitje Djewuschka!" und dann ging es zur Sache. Eine Oleanderhecke hier, ein

Steinbeet nach rechts, ein Fliederbusch vor der Terrasse, ein Gläschen Wodka, nur ein kleines, zum Abschluss der Arbeiten.

Ihr zweites Projekt war ihr Mann. Ihrer Ansicht nach verkaufte er sich zu billig, GOÄ hin oder her. Er sollte schauen, wie er seine Rechnungen erhöhen konnte. Beratung, körperliche Untersuchung, besondere Schwierigkeiten, wenn möglich ein Blutbild, ein Ultraschall. Es konnte doch nicht sein, dass ein Arzt für eine Konsultation von zehn Minuten weniger verdiente als ein Klempner!

Erwin fand es gut, dass ihn seine Frau beriet. Er wäre auch selbst darauf gekommen, aber er hatte moralische Skrupel.

„Das zahlt doch alles die Kasse! Das kann dir doch egal sein", meinte Olga nur.

Im Lauf der Jahre hatte er schon mehrfach Besuch von einem Pharmavertreter gehabt, der ihn umwarb. Er könne ihm natürlich kein Geld geben. Aber wenn er Interesse hätte, ein bestimmtes Medikament kostenlos an seine Patienten zu verteilen und dann beim nächsten Besuch nachzufragen, wie es gewirkt habe, könne seine Firma ihn zu Fortbildungen und Kongressen einladen. Wohlgemerkt in interessanten Städten oder in hübsch-teure Resorts im Bayrischen Wald. Dr. Weinlaub erbat sich eine Bedenkzeit.

Olga gab sie ihm sofort grünes Licht. Sie hatte sich im Internet schon schlau gemacht, was das „Alm- und Wellnesshotel Alpenblick" zu bieten hatte.

„Schatz, lass uns das einfach machen, wir zwei, mit der Gondel auf den Berg, rodeln auf einer speziellen Bahn, gutes Essen, frische Luft und ab und zu ein Vortrag. Das ist herrlich."

Vogler mag keine Statistik

Statistik war nicht gerade das Lieblingsthema des Reporters Vogler. Heute aber hatte er einen guten Block des SWR über „Statistische Tricks bei der Vermarktung von Medikamenten" angesehen. Er war tapfer eine halbe Stunde lang vor seinem Tablet gelegen, denn im Bett konnte er das besser ertragen. Aber es war hochspannend. Wie man mit der richtigen Auswahl der Daten, der Veränderung der Skalierung in Länge und Höhe aus einer gleichen Anzahl von Zahlen völlig unterschiedliche Kurven entlocken kann.

Hinzu kommt, dass die Pharmaindustrie ein reges Interesse daran hat, die Grenzwerte für krankhaften Stoffwechsel zu senken. Als Beispiel dienen der Bluthochdruck, das Cholesterin, der

Blutzuckerwert, also alles, womit die Pharmazie viel Geld verdienen kann. Es ist erstaunlich, wie viele neue Patienten sich aus der Absenkung eines Normwertes ergeben.

Ein guter Arzt würde regelmäßig den Gesundheitszustand seiner Patienten prüfen, ein anderer verordnet Insulin, Betablocker, Cholesterinsenker, dass es eine Freude ist – vor allem für die Industrie.

Mundart I: Inspektion

Ich muss schon sagen, mei Auto lieb' I net. Sonscht werd ich es jedes Jahr zu ainer große Inspektion einlade. Do wird dann danach g'schaut, ob die Wischerblätter noch in Ordnung sinn, ob der Ölstand schtimmt, ob die Reifen net scho abg'fahre sinn, ob die Bremslichter noch ihre Dienst tun. Das ganze fir vierhunnerd Euros, quasi g'schenkt. Also, des heb I mir jedes Johr gebbe. Aber wenn's um mich geht, also um mei Körper, da mach' ich kei Kompromiss. Also, Vorsorgeundersuchunge, so ebbes wie e große Inspektion, sinn Pflicht, habbe mir auch alle Freinde g'sagt. No heb I me vor de Schbigel no gschdellt un heb g'nau guckt. De Tankdeckel had sich miehelos uff un ab bewege lasse. Die Scheinwerfer hen miehelos die Wohnung absuche kenne.

De Modor hat deitlich g'wummert, wenn I mer die Ohre zughalde heb (alder Trick von meim Obba), de Auspuff war noch ohne Riss un des Fahrwerk lief problemlos finf Kilomeder in de Schtund. Also, alles in Ordnung. Abber so aifach isch des jo net beim Mensch. Do gibt's Vitamine, des bekanndeschde isch fir mich des Vitamin B, warum I nie en gscheide Chefposchte kriegt heb, oder Vitamin C, des isch in de Hohes C Flasche drin, Hormone, die was weiß denn I alles mache kenne, vor allem mit de Männer, s'gibt Muskeln, Nierle, Herzkammern. Also, jedenfalls kann des en normaler Mensch net kapiere. Un deshalb bin e zum Arzt, s'war schließlich hegschde Zeit, mit vierzig Joar. Der Arzt, ich will jo nix verrade, dem sein Name fängt mit „K" an had sich iber mich g'frait, abber nur, weil I Privatpatient bin. Mit denne kann mer alles mache und des bringt a Menge Geld ei. Also hat der mich uf e Trimmrad g'setzt, ich heb drebble misse, dass mer ganz lommelig g'worre isch, er hat mit so em eklige glibberige Gel uf meim Bauch rumg'schlidderd un hat dabei ganz komisch guckt. Blut heb ich au hergebe misse. Also alles ganz wisseschaftlich un wichtig. Als er dann alle Ergebnisse beisamme g'habt hed, bin I noch mol eibeschdellt worre, also I heb nix Gut's vermudet. Also, der Doktor „K" had g'meint, ich hett e gespaldene Milz, ich heb gar net g'wiest, dass mer so was braucht!! Un dann, die Lebber, die wär so groß, des misst mer im Aug' b'halde, des kennt sich null komma nix zu oinere Lebberziros' auswachse, wieviel I denn trinke däd. Also, so ein, zwei Flasche däd I scho drinke.

„Ja, wie, Herr Vogler, täglich, in der Woche, im Monat, Sie müssen schon genauer sei".

Also bin I in me gange un heb ihm dann die Wahrheit g'sagt: „Im Johr!". Des hat er gar net glaube kenne. Egal. Aber des Schlimmschte wär mei Blutdruck. Der wär so hoch, er misst mir dringend Betablocker verschreibe, sonscht Infarkt un so. I heb ihn sei Zeddele schreibe lasse. Er hat gar net richtig zu'hert, dass mei Blutdruck halt mol nuff un mol nunner geht, Patiente sinn ebe doof. Dahoim heb I mei medizinisches Fachbuch g'holt, also net de Pschyremel oder des MSD Manual, noi, so a kloins, handliches, des Ärztehasser-Buch. Un do schtand's dann, dass e vergresert Lebber bei dreißig Prozent von alle Deitsche vorkomme un dass des nix zu bedeide hat. Also, den Zeddel fir die Betablocker heb I scho in de Leopoldschtros in die Papiertonn gworfe.

Zuhaus dann, nach dem „Ärztehasserbuch" heb I denkt, also: Die Art von Inspektione mecht I nimmer habbe. Des heb I so au g'macht, die nächschde 25 Jahr, mein Lebber dut's noch, die Milz muckt net uf, de Blutdruck isch subber. Vielleicht kann mer sich die Inspektione fir de Mensch au schenke.

Die verschwundene Achatschale

Eine blaue Achatschale lag unbeachtet in der Abstellkammer auf dem untersten weißen Sperrholzregal. Ein weißer Vorhang schützte Fachbücher über Aquarellmalerei, Spachteltechnik, Spritztechnik mit Acrylfarben und Kunstgeschichte vor dem Staub. Staub hatte sich gebildet, seit vor vier Monaten die Galerie Art Ettlingen wegen Corona geschlossen werden musste. Joachim Schreyer hatte sich bereit erklärt, die Galerie zu putzen, sprich zu saugen und Staub zu wischen.

Der Hobby-Kunstmaler kannte sich in der modernen Malerei aus: Zu Beginn des 19. Jahrhunderts war noch die historische Genauigkeit wichtig, Detailstudien wurden gemacht, Gemälde mit einer Farbtechnik, Perspektive und Lichteinfall, die besser waren als jede Fotografie, waren das Maß aller Dinge. Künstler wie der gesuchte Meissonier mit seinen Schlachtenbildern von Napoléon I oder Delacroix mit seinem berühmten Gemälde „Die Freiheit führt das Volk an" mit der verkörperten Madeleine auf den Barrikaden, waren der Inbegriff der Kunst.

Natürlich wird sich alles ändern mit der Entdeckung der Fotografie. Aber vorher schon arbeiteten die Impressionisten mit schillernden Farbstrichen, die die Gefühlswelt des Sehenden eher abbildeten als ein starres Monumentalgemälde.

Auch die Themen änderten sich. Es wurde nicht nur im Freien gemalt, sondern auch Alltagsthemen wie das Leben der Bauern (Courbet), Fleurales, Straßencafés (Manet) und ein Schwimmbad („La Grenoullière von Monet) fanden Platz auf der Leinwand. Es sollte noch einige Zeit dauern, bis diese Künstler auch ihr englisches und amerikanische Publikum fanden und sich damit endgültig etablieren konnten.

Damit war das Tor zur subjektiven Wahrnehmung und zur Freiheit des Künstlers geöffnet. Nun konnte jeder bestimmen, was er für Kunst hielt. Meistens versuchte man sich in der Nachahmung des Stils einer Künstlerin, die schon Erfolg gehabt hatte.

In der ART-Ettlingen stellten einige Künstler Plastiken aus Speckstein und Gips aus, daneben glänzten auch einige grell farbige Gemälde auf den Staffeleien. Bilder, die durch Verblasen von

Farbe eine interessante Farbstruktur hatten, die jeder Käufer für sich interpretieren konnte, Spachtelarbeiten mit erhabenen Linien, kleine florale Miniaturen, Fotorealistische Arbeiten, Bilder, auf denen alle Farben sich ineinander fließend vereinigten oder mit dem Auftrag von Goldblättchen veredelt waren, verhauchtes hinter einem Farbschleier oder mit der Spachtel in die Länge gezogen war, Gemälde ausgesprochen schöner Straßen oder Gebäude.

Alles, damit niemand die kleine Galerie des Kunstvereins aus den Augen verliert, auch wenn es verboten war, im Lockdown etwas zu verkaufen. Die Miete musste monatlich entrichtet werden, über Ausstellungen kam kein Geld herein. Die Buchhandlung „Abraxas" daneben konnte zumindest noch an der Haustür verkaufen, „click and collect" hieß das, was vorher telefonisch bestellt worden war. Noch besser ging es der Bäckerei Maische'Beck, wo die Leute wie immer nach „Bernd das Brot"-Mohn- und Sesambrötchen, nach Kuchenteilchen und Minibrötchen anstanden.

Joachim Schreyer ließ die Hand über die kühle Oberfläche der Schale gleiten. Sie hatte sicher einen Durchmesser von 30 cm. Ihre weiße Maserung war selbst bei Neonlicht beeindruckend. Ein Schmuckstück, wie es nur selten gefunden wird und das sicher in einer Meisterwerkstatt in Idar-Oberstein geschliffen worden war.

Er entschied sich, den schweren Gegenstand zur Sicherheit erst einmal nach Hause mit zu nehmen und dann zu recherchieren, was das Teil wert war. Vielleicht konnte man, wenn sich schon niemand dafür interessierte, damit die Finanzen des Vereins wieder ins Reine bringen? Er wickelte die Schale vorsichtig in ein weiches Handtuch und trug sie zu seinem Fahrrad.

Joachim Schreyer nahm die Abkürzung über den Narrenbrunnen und durch das Schloss, bis er in der Sibylla-Straße zu seinem Haus einbog. Schon im Hausflur sah man, wer hier wohnte. Großformatige Ölgemälde, meist in Rottönen, gekauft oder selbst gemalt, kontrastierten gekonnt mit dem senfgelben Putz der Wände. Das Wohnzimmer nannte der seinen „Blauen Salon". Dort standen vor dunkelblauen Raupputzwänden ein Sekretär und eine Kommode in durchscheinend weißem Vintage-Look.

Er stellte die Achatscheibe auf die Kommode mit den drei Schubladen. „Da passt sie vorzüglich hin", sprach er, mehr zu sich selbst.

Bei der nächsten Vereinsversammlung brachte er eine größere Spende in den gemeinnützigen Verein ART-Ettlingen ein und damit war sein Gewissen beruhigt.

Als er eine Woche danach im Internet recherchierte, war er sich nicht mehr sicher. Aber jetzt konnte er nicht mehr zurück. Für eine blaue Achatschale wurden bei Ebay viertausend Euro geboten.

Über alle Brücken gehen

Akio Hakahashi legte seine linke Hand einen Augenblick auf seinem Oberschenkel und ließ die rechte über den Tasten schweben. Seine Augen waren fast verschlossen, er kannte jede Note, Kadenzen, die sich in Oktavsprüngen wiederholten, musste er nur einmal memorieren.

Dem ausgewählten Publikum stockte der Atem. Pianissimo setzte die rechte Hand zu einem Glissando ein, hauchte über die elfenbeinernen Tasten des Bechstein Flügels, bevor sie in hartem Stakkato die Abschlussakkorde abfeuerten.

Mit viel Verve und Gefühl hatte er die Sonate in C-Moll von Tschaikowski gemeistert. Die Zuhörer klatschten begeistert, einige gaben sogar Standing Ovations.

Danach spielte Wladimir Kutsch dasselbe Stück. Kutsch war die Nummer 74 beim Ettlinger Klavierwettbewerb.

Dr. Geißler bereitet den Weg

Die Praxis von Dr. Geisler war inzwischen auf dem alten Kasernenareal, in einer der hübschen Häuser aus gelbem Sandstein, die die Amerikaner hinterlassen hatten und nun von Ärzten, Physios, Ergos und Logos genutzt wurde.

Erwin Weinlaub war sich unsicher, wie er den Kollegen treffen sollte. Er kannte Geisler von einer langweiligen Fortbildung in Karlsruhe, wo sie sich an der Kaffeetheke kennengelernt hatten. Und das war Jahre her. Im Kaffee wäre zu persönlich, ein Telefonat zu unpersönlich. Er beschloss, sich als Patient anzumelden. Einen leichten Schnupfen konnte er zumindest als Alibi vorweisen. Er hatte sich als Herr Weinlaub bei der Sprechstundenhilfe angemeldet. Jetzt saß er schon eine dreiviertel Stunde im Wartezimmer. Er hatte sich nicht vordrängen wollen. Endlich wurde er gerufen.

Geißler, ein Mann um die Fünfzig mit ansprechendem Äußern und weichen Gesichtszügen trug unter seinem Arztkittel eine blaue Krawatte mit lustigen Bildern. Über sein Gesicht huschte ein Blick des Wiedererkennens

„Kennen wir uns nicht?"

Weinlaub half ihm.

„Ach ja, Sie praktizieren auch in Ettlingen. Nun, das kommt selten vor, wenn ein Kollege in der Praxis auftaucht. Man soll ja als Arzt für die Patienten immer gesund wirken. Was kann ich denn für Sie tun? Es wird doch nichts Ernstes sein?"

Weinlaub überlegte kurz, dann ging er gleich in medias res, wie er es ausdrückte.

„Ich möchte gerne Mitglied im Lions-Club Ettlingen/Albtal werden und Sie, Dr. Geisler, sind der Einzige, den ich dort kenne. Können Sie mich in den Club einladen?"

Geisler lächelte.

„Aber gern, Herr Dr. Weinlaub. Wir Lions freuen uns über neue Mitglieder. Wir sind ein kleiner Kreis von etwa fünfundzwanzig Leuten. Viele Wissenschaftler, Rechtsanwälte, ein paar Unternehmer, außer mir bisher nur ein weiterer Arzt. Also ich würde mich sehr freuen!"

Weinlaub war gerührt. Das hatte er sich wesentlich schwieriger vorgestellt.

„Ich rufe Sie an, wenn wir uns das nächste Mal im Erbprinz treffen. Ein Rezept schreibe ich Ihnen natürlich nicht. Wozu auch. Bis bald!"

Modenschau I

Frau Bilger, Geschäftsführerin des Modehauses Streit, war in heller Aufregung. So etwas hatte es in ihrer Dienstzeit, seit fünfzehn Jahren, nicht gegeben. Der Laden war proppenvoll. Liesel und Silke hatten noch Stühle aus dem Keller in den Ausstellungsraum getragen, abgestaubt und in drei Reihen angeordnet. Platz für fünfzig Personen, fast nur Frauen. In den Ecken standen die Vasen mit den Kunstblumen, im Nebenraum bei den Garderobenständern wuselten die Models nervös herum - Studentinnen, die das zum ersten Mal machten. Den Roten Teppich – der Ettlinger Catwalk – hatte Frau Bilger vom Staatstheater geliehen. Bevor sie es sich auf den Stühlen bequem machten, tranken die Zuschauerinnen schon ihren Sekt-Orange und naschten von den Kanapees.

Frau Doktor Weinlaub unterhielt sich mit Frau Doktor Geisler, die sie über den Lions-Club kennengelernt hatte.

„Ich bin gespannt, ob das Haus Streit uns etwas bieten kann, was besser ist als die anderen Boutiquen in Ettlingen. Ich habe gelesen, sie hätten einiges aus der Kollektion von Dior und Hermes im Angebot. Ansonsten die guten Stücke von Boss, Esprit und Schiesser."

Aus den Reihen wehte die Düfte von Versace, Chanel, Kenzo und Givenchy.

Die Runde verstummte, als die Geschäftsführerin in einem eleganten Tüllkleid das erste Modell ankündigte:

„Einen Applaus für Verena. Sie trägt heute zu einem senffarbenen Kostüm von Balmain ein Halskette von Dior, dazu Seidenstrümpfe von Falk und die Schuhe sind eine Leihgabe von Rissel hier in Ettlingen."

Als Verena sich drehte, lächelte sie stolz und die Damen belohnten sie mit einem dezenten Applaus. Es wurde ein langer Nachmittag voller Mode-Attraktionen. Einige Kombinationen konnte man gleich auf einem Handzettel ankreuzen und für sich vormerken lassen.

Der Erfolg gab Frau Bilger Recht.

Modenschau II

Atmungsaktiv sollte der Stoff sein. Bei ihrer persönlichen kleinen Modenschau kamen Leyla Dimiglu und ihre Tochter Alischa zum zweiten Mal an dem Ständer mit den Blusen und Sportbekleidungen vorbei.

„Weist du, welche Teile atmungsaktiv sind?", fragte sie ihre Tochter. Auf dem second-hand-

Basar gab es eine große Auswahl an Blusen, Jacken, Röcken, Hosen bei der Bequa in Ettlingenweier. Alles hübsch aufgehängt, gewaschen und gebügelt. Aber hatte man eine Frage zur Qualität der Textilien, waren die Verkäuferinnen nicht besonders auskunftsfreudig.

„Das ist kompliziert", antwortete Alischa. „Schau mal hier auf das Etikett. „Hier steht Rayon 50%, Baumwolle 40%, Wolle 10%. Das ist nicht schlecht, aber bei 50% synthetischen Fasern sicher nicht atmungsaktiv. Du kannst aber auch den Stoff befühlen. Wenn er sich hart anfühlt, ist das Teil sicher nicht angenehm zu tragen. Du schwitzt, weil deine Haut nicht atmen kann. Aber schau mal hier!"

Alischa reichte ihr eine weiße Bluse mit rosa Blüten. „Gefällt dir die?"

Leyla hielt sich die Bluse vor die Brust und hielt Ausschau nach einem Spiegel.

„Dort hinten in der Ecke", wies ihr die schwarzhaarige Verkäuferin den Weg.

„Und, fühlt es sich gut an?"

„Ja, richtig kuschelig weich".

„Na, dann schauen wir mal auf das Etikett! Merino-Wolle 80%, 18% Baumwolle, 2 % Elastan. Die kaufen wir." Mit der Bluse, Jeans und Sandalen gingen sie zur Kasse, um ihre Beute zu bezahlen

Radtour durch Ettlingen

Kurt Breitling fuhr eine neue Route durch Ettlingen. Er bog vom Mahlbergweg nicht wie üblich nach links, sondern ließ den Parkplatz am Freibad rechts liegen und fuhr nach links in die Schöllbronner Straße.

Seine Frau hatte ihm vorgeschlagen, neue Wege zu suchen, den immerwährenden Trott seiner täglichen Radtouren abzuschütteln. Der Begriff hatte sie aus der „Neuen Post", Bereich „Praktische Psychologie". Dabei sollte das Gehirn trainiert werden. Ob das eine gute Idee war, wagte er zu bezweifeln.

Warum hatte er sich ausgerechnet die Schöllbronner Straße ausgesucht? Das war gerade das, was er vermeiden wollte. Eine Reise in die Vergangenheit. Kaum hatte er die neue Einkaufsmeile, sprich DM, Bäcker, Alnatura, Family erreicht, war es wie ein Eintauchen in eine alte Welt. Hier, wo heute vierstöckige farbige Wohnklötze stehen, hatte er jahrzehntelang an der Presse bei Köhler-Dekor gestanden. Das war sein Leben. Und dann: Köhler hatte zentriert, die Filiale Ettlingen geschlossen. Die Dekorpapiere werden nun in Gernsbach hergestellt, und er wurde in

Frührente geschickt. Mit sechsundfünfzig. Er war noch rüstig und bekam noch einige Jobs bei einer Leasing-Firma. Aber danach fühlte er sich endgültig als Rentner.

Heute steht nichts mehr von der Fabrik, abgerissen, Grundstück verkauft. Hier ist das „Albgrün" entstanden, ein neues Wohngebiet. In Gedanken versunken bog er in eine der Wohnschluchten ein und erreichte die Brücke über die Alb. Dort lehnte er das Fahrrad an die Mauer und hing seinen Gedanken nach. Höhepunkte: Sein 25-jähriges Betriebsjubiläum, Ansprache durch den Abteilungsleiter, Lob und Urkunde. Günther, sein Arbeitskollege und Freund klopfte ihm auf die Schulter und anschließend gingen sie in die „Post" und tranken ein Bier.

Vor ein paar Jahren, nachdem er das alte Haus in Ettlingen-West zusammen mit seiner Schwester verkauft hatte, besaß Kurt 100.000 Euro. Was sollte er mit dem Geld anfangen? Für eine Zwei-Zimmer Wohnung im Albgrün hat das leider nicht gereicht. Die kostete 360.000. Urlaub war nicht sein Ding. Auch nicht von seiner Frau Hilda. Ein schickes Auto? Da wären die Nachbarn neidisch. Also ab und zu schön Essen gehen. Davon wurden die Hunderttausend aber auch nicht weniger.

Immerhin hatte er das, was er sich wünschte: einen Schrebergarten im Horbachbereich. Genug Platz zum Grillen und sich entspannen.

Kann man eigentlich vom Nichtstun krank sein?

Er radelte nämlich nicht ziellos in der Gegend herum, sondern er hatte einen Termin bei Dr. Weinlaub. Den kannte er schon seit seiner Jugend in Ettlingen West und er hatte seinen Hausarzt nie gewechselt. Wozu auch. Der Arzt war nett und eigentlich war er ja auch gesund. Bis er dem Arzt bei einer Routineuntersuchung erzählt hatte, er habe oft einen sauren Magen. Ob das was Ernstes sein könnte? Heute soll er zur Magenspiegelung kommen.

Kurt Breitling sah lange die Alb hinunter, dann auf seine Uhr. Schon neun Uhr. Um 9:30 Uhr soll er nüchtern in der Praxis sein. Er hatte keine Ahnung, was ihn erwartet, aber er vertraute seinem Hausarzt. Er ließ sich Zeit, trödelte die Albstraße hinunter, vorbei an der Johanniskirche, den Fachwerkhäusern, bis er zur Rathausbrücke kam. Gerne hätte er im Pierod ein leckeres Eis gegessen oder eine Bratwurst vor dem Sport-Löffler.

Ist er eigentlich dick? Nein, vielleicht stämmig, kräftig. Ein Baum von einem Mann. Einer, der einen beschützen konnte. Seine Frau hatte sich deshalb in ihm verliebt. Auch bei Freunden war er beliebt, denn wenn es um schwere Arbeit ging, half er gerne aus. Aber seitdem er endgültig Rentner ist, hat sich einiges Muskelmaterial in Fett umgewandelt. Aber dick ist er nicht!

Inzwischen war er am Wasen angelangt, schaute ordentlich nach rechts und links - keine Bahn, also hinüber und weiter unter dem schattigen Laub die Alb entlang. Er hatte Zeit.

Als er in der Praxis war, führte ihn Dr. Weinlaub in einen Raum. Dort stand ein Metallgerät, mit dem der Arzt ihm durch den Mund in den Magen schauen wollte. Er sprühte etwas in den Hals, Kurt musste würgen, aber sonst ging alles gut.

„Es ist alles in Ordnung bei Ihnen", konnte Dr Weinlaub ihn beruhigen. „Aber auf die Dauer ist die Säure nicht gut für Ihren Magen. Ich verschreibe Ihnen Pantoprazol das ist ein Standardmedikament. Das gibt man immer in solchen Fällen. In drei Monaten kommen Sie dann zur Kontrolle."

Wie üblich bekam Herr Breitling zum Abschiede einen Handschlag. „Genießen Sie ihre Rente!"

Auf dem Rückweg radelte Kurt langsam. Er war stolz, dass er die Untersuchung ohne einen Mucks durchgestanden hatte. Er war gesund. Er hatte es gewusst. Am Alten Markt genehmigte er sich eine Bratwurst.

Todesanzeige

Vogler war bei den Todesanzeigen angekommen. Er überprüfte, ob sein Jahrgang vorkam, eine Angewohnheit, die er sich seit seinem 60. Lebensjahr zugelegt hatte. An diesem Tag war nichts dabei. Eine Anzeige war merkwürdig. Er musste drei Mal lesen, bevor er begriff:

Karl Sommer, geb. 1934, gestorben 31.11.2018, daneben Gerda Sommer, geb. 1932, gestorben 4.12.2018. „Nicht die Jahre unseres Lebens zählen, sondern das Leben in unseren Jahren". Statt Blumen Spenden an die Demenz-Hilfe

Vogler malte sich aus, wie dieser Karl über Jahre dement gewesen war, seine Frau sich rührend um ihn gekümmert hatte, und dann, als die Aufgabe wegfiel, als der wichtigste Mensch in ihrem Leben fehlte, gab auch ihr Herz, ihr Leben nach. War es so gewesen? War das zu idyllisch? Er musste weinen, diese zärtliche Liebe, er hatte sie auch gekannt. Nur war es ihm nicht vergönnt gewesen, kurz nach ihrem Tod ebenfalls zu sterben. Niemand kann diesen Gedanken begreifen.

Vielleicht jemand aus dem Trauerkaffee der Diakonie, das neben dem Hospiz einmal monatlich stattfand. Die Leute fragten ihn, ob ihn der Besuch dort nicht runterziehe.

„Nein, das sind Menschen, denen es so geht wie mir", antwortete er. Schon damals, ein Jahr nach dem Tod seiner Frau.

Prominenz in Ettlingen

Regierungspräsidentin Kessel hatte gerufen und alle waren gekommen. Der Asamsaal mit seinem allegorischen Deckengemälde, das bis in Gottes Himmel hinaufreichte, gefüllt von Heiligen und Engeln, bedeckte das Publikum mit einem Hauch von Aristokratie. An diesem Junitag 2015 sind alle, die in Ettlingen und Umgebung Rang und Namen hatten, gekommen. Die Tageszeit war günstig, nach der stauenden Hitze des Tages und vor der Tagesschau.

Der Sekt war im Nebenraum kühlgestellt, ein Caterer hatte die Kanapees in Alu gewickelt und die Putzfrauen hatten noch einmal den Marmorboden auf Vordermann gebracht. Der Aufzug funktionierte, die massigen Barocktüren quietschten nicht. Der Flügel war gestimmt. Der Chor sang „If you are happy" und die Damen verstauten ihre Handtaschen neben den Stühlen, Handys wurden ausgeschaltet. Man schaute sich um, grüßte nach allen Seiten, man kannte sich.

Der Mann des Tages natürlich, der Ex-OB Josef Offele, Nicolette Kessel vom Landratsamt, Landrat Schnaudigel, Josef Offeles Amtsvorgänger, Minister a.D. Dr. Erwin Vetter, des Abgeordneten des Europaparlamentes, Herrn Daniel Caspary, dem Bundestagsabgeordneten, Herrn Axel Fischer, sowie dem Landtagsabgeordneten Werner Raab, le Président du conseil regional d'Alsace, Philippe Richert, die alten Kollegen, Frau Petzold-Schick, Mergen, Wolff und Pütsch sowie den Weggefährten von Herrn Offele, den Karlsruher Oberbürgermeister Heinz Fenrich.

Das Ehepaar Weinlaub lauschte den Begrüßungsworten.

... Außerdem erfreue man sich über die Anwesenheit der zahlreichen Vertreter der Wissenschaft und Kunst, Wirtschaft, der Banken, des Handels und Gewerbes sowie der Gastronomie. Am wichtigsten war allerdings der Reporter der BNN, der das Geschehen in der Ausgabe vom 24. Juni ins rechte Licht rücken würde.

Olga stieß ihren Mann an. „Schau man ganz unauffällig nach hinten. Dieser Vogler ist auch da!"

"Na klar, der ist doch bei der Presse". Erwin war tiefenentspannt. „Soll er doch sich doch weiter was aus den Fingern saugen."

Oberbürgermeister Arnold begann seine Huldigung auf den aus Nordrhein-Westphalen zugezogenen Bürgermeister mit dem Verweis auf das viele Herzblut, das er für das Wohl der Bürger, ... also, wir verstehen schon. Aber natürlich gibt es auch Konkretes zu belobigen:

-Den Ausbau der B3,
- Abschluss der Altstadtsanierung, die unter OB Vetter gestartet worden war,
- den Robberg-Tunnel zur Entlastung der Straßen in Ettlingen,
- die Sanierung der Buhl'schen Mühle, die man dann haushaltstechnisch den Stadtwerken übereignen würde,
- der Umbau der Rheinland-Kaserne,
- den Neubau der Stadtwerks-Gebäude.

Inzwischen konnte keiner mehr zuhören, zu viel der Verdienste, zu wenig frische Luft. Immer das Gleiche bei diesen Ordensverleihungen, man schaute auf die Uhr.

Schließlich bekam der Ex-OB sein Bundesverdienstkreuz. Danach setzte sich die Pianistin in

Positur und der Chor sang ein Lied von Oscar Hammerstein.

Das Buffet wurde eröffnet, die Augen und Nasen öffneten sich, bei Sekt und O-Saft ergaben sich nette Gespräche. Man traf alte Bekannte und schnappte im Schlosshof nach Luft, vertrat sich die Beine oder rauchte eine. Die Welt war schön.

OB Arnold und die Finanzen

Das Ettlinger Rathaus ist ein Rokoko-Bau, mit herrlichen Simsen, gehalten im regional typischen Buntsandstein. Jeder Politiker würde sich freuen, in diesem Schlösschen zu residieren. Unauffällige Drahtstifte auf den Simsen behindern die Kacklust der Tauben und ein Mahnmal für die Weltkriegstoten wird von Touristen wegen seiner pazifistischen Aussage fotografiert. Der Stadtkern rund ums Rathaus hervorragend saniert.

Ansonsten: Die Einnahmen aus den Gewerbesteuern und dem Anteil an der Einkommensteuer fließen regelmäßig, die Hebesätze sind moderat, so dass sich immer wieder neue Gewerbe ansiedeln möchten. Einiges war im Lauf der Jahrzehnte abhandengekommen, zentralisiert oder ins Ausland verlagert-, Klingenberg,

Teile von Dr. Oetker, Maschinenfabrik Lorenz, Argus, Fa. Stahl, Papierschneider, was aber dann durch Dienstleistungen, EDF und Logistik ersetzt wurde.

Oberbürgermeister Arnold hat seine wenig erfolgreiche Vorgängerin abgelöst. Ein Profi, der stets im Amtsblatt Präsenz zeigt. Er kann, aus dem Stegreif herausragende Reden halten zu welchem Thema auch immer. Heute ist er etwas verschnupft: Die aktuellen Zahlen für den neuen Haushalt liegen auf dem Tisch. Er möchte seinen Ärger nicht am Stadtkämmerer auslassen und diskutiert mit ihm über die Gründe des Millionendefizits.

„Das ist nicht weiter verwunderlich", antwortet ihm der Kämmerer, „wenn wegen dem- mit Verlaub – bescheuerten Corona keine Halle mehr vermietet werden kann, die Gewerbesteuer von fast allen Boutiquen wegbrechen, die Hotels keine Gäste mehr aufnehmen dürfen..".

Der OB hört nur noch mit einem Ohr zu. Die Fakten sind bekannt. Wenn die Landesregierung wegen der Eindämmung des Virus die Bevölkerung praktisch in Quarantäne schickt, ist nichts anderes zu erwarten.

Dann kaufen die Leute eben kein Auto mehr, gehen nicht mehr ins Kino, besuchen keine

Schlosskonzerte, können nicht mehr zum Essen ausgehen, verschieben ihre Arztbesuche,

Der Kämmerer war mit seinem Monolog ans Ende gekommen.

„Was schlagen Sie vor?", setzte Arnold wieder ein

„Kreditrahmen bei der Sparkasse erhöhen. Investitionen nach hinten verschieben. Hoffen auf das Ende des Lockdowns. Was sollen wir sonst tun?"

Nun gut. Das muss jetzt noch durch den Ausschuss. Auch dieser Kelch wird am OB vorüber gehen.

Die Couponschneider

Rückblick: Der Schriftsteller Emile Zola beobachtete einst die Couponschneider. Der dicke Gerard, der mit einem gewagten Tip eine Million gemacht hatte, Pierre, der auf fallende Kurse bei den Suez-Aktien setzte, der hagere Albert, der seit dem Zusammenbruch der Schifffahrtslinie Calambert einmal wieder auf dem Trockenen saß und auf eine neue Chance witterte, um endlich wieder zum Kreis der Gewinner zu gehören. Sie saßen alle im Café Louis an der Rue Alembert, immer wieder kamen die Jungen, die ihnen die aktuellen Kurszettel aus der Börse brachten. Jedesmal kam es zu heftigen Diskussionen, Freudenschreien und düsteren Blicken....

Heute, 150 Jahre später, sieht das Bild ähnlich aus. Junge Männer, so sie denn ihr Haus verlassen, sitzen im Kaffee Pierod Pavillon und schauen ab und zu von ihren Laptops auf, um die Frauen zu beobachten, deren Kinder am Planschbecken herumtollen. Joselin, die einzige Frau in diesem Kreis, hat auf ihrem Laptop vier Fenster geöffnet. „Börse online" meldet „organisches Wachstum in der Pharmabranche wegen Corona", die „Finanzial Times" sieht NGK Insulators Ltd mit ihrer wartungsfreien Keramik-Batterie auf gutem Kurs. „Invesko" berichtet von den Höhenflügen der künstlichen Währung Bitcoin „Mafina" investiert in Ölplattformen in ökologisch sensiblen Gebieten.

Aber Achtung, was zu Zolas Zeiten die gekauften Zeitungen sind, die angeblich Börsentipps gaben, damit einige Insider vorher diese Aktien kaufen und ihren Schnitt machen, so sind es heute versteckte Lancierungen von Firmen. Jede verkaufte Aktie treibt den Börsenwert nach oben, gleichgültig, ob Realität oder eine Fiktion. Heute ist die Gefahr, die falschen Aktien, Fonds, Anleihen oder Optionen zu kaufen, hoch. Mit ihrem franco-kanadischen Hintergrund hat Joselin keine Probleme hat, die internationalen Publikationen zu analysieren.

Ein paarmal sind „Kollegen" an sie herangetreten, die, nur einige Tische weiter sitzend, ein Stück von ihrem Wissen abschneiden wollten. Manfred zum Beispiel hatte vor ein paar Monaten Fünfzigtausend in den Sand gesetzt, weil er der Nachricht aufgesessen war, eine Netzwerkfirma sei auf dem großen Sprung. Es ist nicht leicht, mit viel Geld zu schachern, ein paar Tausend zu gewinnen durch Bruchteile von Euros bei einem Kursunterschied zwischen Tokyo und Paris.

Am meisten verdient Joselin an den Ängsten der Kleinanleger. Diese lassen sich so leicht verunsichern. Manchmal gibt es die „Chance einer Dekade", wie sie es nennt, dass ein Virus ganze Konzerne ins Wanken bringt, worauf Joselin gleich Optionen auf den Kursgewinn einer soliden Firma setzt. Dann sind Gewinne von 30% möglich. Letzte Woche hatte Joselin zwischen 14 und 16 Uhr Zwanzigtausend verdient. Kommt nicht immer vor!

Aber wer kann heute noch mit Sicherheit planen, wo im Hintergrund internationale Investoren wie der US-Rentenfond oder Black Rock agierten. Diese kaufen Firmen, ganze Stadtteile,

Seniorenheime und Landstriche wie andere einen Eiskaffee.

Übrigens:

„Hallo, könnten Sie mir bitte noch einen Espresso Macchiato und ein Vanilleeis bringen?".

„Gerne. Ich muss dann gleich kassieren, ich habe Schichtwechsel. Das macht 5,80 €"

„Machen Sie sieben!"

Dienstliches Rendezvous

Dass sich Ralf Meier, kommunaler Polizeibeamter im Vorbereitungsdienst, mit einer Boxweltmeisterin trifft, das kann eigentlich nur in einem Kriminalroman passieren. Aber es passierte gerade.

Es war kurz nach 10 Uhr morgens. Stella Kurz und Ralf Meier saßen in der Kaffeeblüte in der Kronenstraße. Sie waren sich am Baggersee begegnet, als die Geschichte mit dem Toten passierte

Obwohl Stella damals unter Schock stand, konnte sie sich noch gut an diesen jungen durchtrainierten Polizisten mit den blonden Haaren erinnern, der ein wenig schüchtern dabei gestanden war und dabei so nett lächelte. Sie wollte ihn wiedersehen.

Sie trug Jeans und ein weißes T-Shirt ohne jeden Schmuck. Dass sie trainierte Muskeln hatte, er an ihren Oberarmen, wo ein Schlangen-Tatoo blitzte.

Ralf Meier musste sich anstrengen, nicht ständig auf ihren Busen zu schauen. Verdammt, er war dienstlich hier. Warum hatte Stella Kunz ausgerechnet ihn um ein persönliches Gespräch wegen dieser Leiche gebeten? Er war schließlich im Vorbereitungsdienst, unerfahren und nicht zuständig für diesen Mord.

Mord? Er war sich nicht klar, wie er den Fall beschreiben sollte. Irgendwie mysteriös. Die Kollegen von der Kripo tappten im Dunkeln. Sie hatten nichts, oder fast nichts in der Hand. Die Rechtsmedizin meinte, Martin Vogler sei gesund gewesen, keine Anzeichen von Herzinfarkt, auch kein Aneurysma. Aber die Rötung, vermutlich eine Einstichstelle. Man hatte Spuren von Midazolam gefunden, ein Beruhigungsmittel, das in der Sterbehilfe verwendet wird. Aber was sollte das bedeuten? Und was wollte nun diese Stella, zur Aufklärung beitragen?

Nachdem Stella, die ihn schon am Telefon geduzt hatte, ihm von ihren Boxkämpfen bis zur Weltmeisterschaft erzählt hatte, packte er seine Anekdoten aus. Er war einmal in Nicaragua gewesen. Vor seiner Zeit bei der Polizei Ettlingen.

„Echt?" hatte sie nur ungläubig gefragt. Dass ein Polizist aus Menschenfreundlichkeit und Interesse in eines der ärmsten Länder der Welt reiste, konnte sie nicht verstehen. Aber das machte Ralf noch sympathischer.

Kriminalität am anderen Ende der Welt

In Nicaragua gab es eine Band namens „Maná. Ihr Lied „En el muele de San Blás", hatte Ralf sehr berührt. Er war zu Gast in einem Waisenhaus, das von der „Freundschaftsbrücke Nicaragua" unter-stützt wird. Während Ralf sich als Handwerker versuchte – die Duschen sonnengelb mit wasserfester Farbe streichen, die kleinen Fensterscheiben kaufen und austauschen – lief im Wohnzimmer das „Crime-TV", jeden Tag, immer.

Da in Nicaragua nicht viel passiert, und amerikanische Serien zu teuer sind, wird über lokale Kriminalität berichtet. Sobald die Polizei die Untäter, meistens Diebe, gestellt hat, werden die Opfer interviewt. Dann die Nachbarn, dann, ganz wichtig, die Polizei und last not least, die Ganoven. Erkennungszeichen: Gespreizte Beine und erhobene Hände an der Wand. Zwischen Händen und Gesicht das Mikrofon des Reporters:

„Guten Tag, wie geht es ihnen heute?"

„Nicht schlecht, aber dass wir gleich beim ersten Bruch geschnappt werden, ist schon selten blöd."

„Sie sind also unzufrieden damit?"

„Sicher. Wir wollten die Handkasse des Fußballvereins klauen."

„Wie hoch wäre ihr Tagesgewinn gewesen?"

„Wir hatten schon gezählt als die Polizei kam. Es waren fünfzig Dollar in der Kasse.

„Das ist aber nicht viel!"

„Meine Herren. Also bitte. In unserm Land verdient man im Durchschnitt hundertfünfzig im Monat.

Der Kameramann mischt sich ein:

„Da hat er Recht. Wusstest du das nicht, Pedro?"

Pedro bleibt cool.

„Natürlich wusste ich das. Ich wollte es nur von ihm hören."

„Ich bin kein ihm. Sie können mich ruhig mit meinem Namen ansprechen. Ich heiße Juan. Mehr verrate ich nicht."

„Ah, Juan. Nett, dich kennen zu lernen."

„Ganz meinerseits. Aber wollen wir nicht mit dem Interview weiter machen?"

„Also Juan. Haben sie es schon einmal mit einem richtige Beruf versucht?"

„Aber sicher. Ich habe früher für acht Dollar am Tag mit einer Pump Gun vor einer Bank Wache gehalten. Aber im Ernst. Wer setzt schon für acht Dollar sein Leben auf's Spiel."

Der Kameramann will sich wieder einmischen.

„Jetzt halt mal die Klappe, Rodriguez. Ich mach das Interview. Du bist für die Technik zuständig."

„Ist ja gut".

„Also, so Unrecht haben Sie nicht mit ihrer Berufserfahrung. Aber wie wird es jetzt mit Ihnen weiter gehen?

„No tengo ningun problema.(Da gibt's kein Problem) Denn bei der Polizei arbeitet mein.."Tonstörung.

„Muchas grazias por su tiempo."(Vielen Dank für ihre Zeit)

„Da nada."(Gern geschehen)

Glücklicherweise gab es im Kinderheim ständig Bild- und Tonstörungen. So blieben die Seelen der Kinder psychologisch gefestigt. Nicaragua ist eines der ärmsten Länder.

Jeden Tag gab es für die Kinder Eiweiß und Kohlenhydrate und eine Banane oder eine Orange. Schmeckte prima und nannte sich Gallo pinto, das sind Reis mit Bohnen. Morgens gab es Gallo Pinto, mittags und abends Gallo pinto.

Nach vierzehn Tagen wollte Ralf kein Gallo pinto mehr essen. Er floh in das beste Hotel der Hauptstadt Managua. Glitzer-Entree mit LED-Leuchten, Marmortresen an der Rezeption. Endlich würde es ein anständiges Frühstück geben. Die Frage war: Continental oder Englisches Frühstück? Es gab Gallo Pinto!

Wie gesagt, Nicaragua ist ein armes Land.

Gab es noch eine interessante Geschichte?

Ja, man hatte Ralf inständig davor gewarnt, auf eigene Faust in die Altstadt zu gehen, sozusagen ins Herz der Finsternis. Dorthin dürfe man sich nur in einem geschlossenen Pick-Up wagen. Anlässlich des Hotelaufenthaltes unternahm er dann doch eine zweistündige Besichtigungstour durch den Moloch.

Er sah Bettenhändler, die ihre Eisengestelle im Freien lagerten, Schreiner mit kunstfertigen Schränken, Schlosser mit allerlei Rohrwerk und Banken, vor denen Wachpersonal mit ihren Pump-Guns patrouillierten, vergitterte Privathäuser. Aber keine Kriminelle.

Sicher sind die Fernsehberichte nur eine Serie, die in einer Schleife schon seit Jahren läuft.

Wie gesagt, Nicaragua ist ein armes Land.

Ein Hinweis

Als Ralf geendet hatte, musste sich Stella kurz besinnen. Sie war in diese Bilder eines fernen Landes versunken. Und sie lächelte ihm zu.

„Hat dich das dazu gebracht, zur Polizei zu gehen?", fragte sie ihn.

„Ja, irgendwie schon. Ich fand das witzig, einmal alle Seiten einer Geschichte zu hören. Anders als in unseren Fernsehkrimis. Und ich wollte auch etwas Sinnvolles tun. Aber das meiste ist heute Alltagsgeschäft. Mit wenigen Ausnahmen. Ach so, du willst mir ja etwas über den Toten erzählen."

„Stimmt. Aber eins vorweg. Du kannst meine Information weitergeben. Aber du musst mir versprechen, dass du nicht verrätst, woher du sie hast. Ich habe sie von einer guten Freundin. Und ich möchte nicht, dass sie deswegen Nachteile im Beruf bekommt."

„Versprochen!"

„Also, Herr Vogler war ein Patient von Dr. Erwin Weinlaub. Er war kein gewöhnlicher Patient, sondern das persönliche Feindbild von Dr. Weinlaub. Sie haben sich fast gehasst. Ich weiß nichts genaueres, aber ich habe mir gedacht, wegen dem Einstich, der in den BNN erwähnt wurde. So ein Arzt, der kann doch spritzen und der hat die nötigen Stoffe, um jemanden umzubringen. Ist nur so eine Idee".

„Ehrlich gesagt, die Kripo ist dankbar für jeden Hinweis. Sie tappt nämlich vollkommen im Dunkeln."

Am Ende beschlossen sie, schwimmen zu gehen. Dieses Mal am Epplesee.

Aufklärungsgespräch

Gleich am nächsten Morgen besuchte Ralf den Chef der Mordkommission. Herr Steiner war skeptisch, was den Hinweis betraf. Aber er sicherte Ralf Meier zu, dass die Quelle geschützt wird. Er verabschiedete ihn mit einem Handschlag.

Der blaue Guru

Olga schlug die Beine übereinander und versuchte, diese zu verknoten. Es gelang ihr nicht. Neidvoll blickte sie zu ihrer Freundin Gabi, die im Yoga-Haus ein und ausging. Sie meditierte, sie nahm ihr veganes Mittagessen ein, sie plauderte mit ihren spirituellen Freundinnen. Und heute, zu einem besonderen Fest, hatte sie Olga eingeladen.

„Schieb' dir einfach ein Sitzkissen unter", reagierte Gabi, die solche Anfängerprobleme kannte.

„Fühl dich einfach wohl. Hör zu. Lass die Worte in dir wirken."

Gabi hatte gut reden. Olgas Knie schmerzten zwar etwas weniger als ohne Kissen, aber von Entspannung konnte keine Rede sein. Ihr Rücken tat weh. Aber immerhin war sie wach, sehr wach.

Der Guru, trat hinter einem roten Vorhang hervor und nahm auf einem bequemen Sessel Platz. Olga platze auch - vor Neid.

Die Seminarleiterin sprach die einleitenden Worte:

„Ich freue mich heute Swami Prem Lang begrüßen zu dürfen. Sie kennen ihn vielleicht aus seinen Posts bei Facebook. Sein Themengebiet ist die spirituelle Entwicklung, die Wege dorthin, die Erleuchtung als Ziel. Ich denke, gerade bei vielen Suchenden, die bisher nur Hatha-Yoga kannten, ist ein großes Interesse an diesem Thema vorhanden. Die große Zahl der Freunde, die heute Abend hier sind, ist ein Beleg dafür. In den Pausen des Vortrags wir Shanti Shanti spirituelle Melodien auf der Sitar und der Orgel spielen und ihr seid eingeladen, die Mantren mitzusingen. Ich übergebe nun das Wort an Swami Prem Lang."

Olga hatte schon die ganze Zeit verblüfft auf den jungen Mann gestarrt. Er hatte die Figur eines Waldarbeiters, dazu eine Frisur wie Jimmy Hendrix, und die Haare waren violett gefärbt.

„So habe ich mir einen Guru nicht vorgestellt.", flüsterte sie Gabi zu.

„Wart ab, es ist wirklich ein Erlebnis."

Der Guru zog seine Schuhe aus.

„Ich versuche, immer mit der Erde in Verbindung zu bleiben. Ihr könnt das auch ausprobieren."

Er blickte erwartungsvoll ins Publikum. Im Raum befanden sich hauptsächlich Frauen ab Vierzig. Sie trugen leichte Kleidung, farbige Schals oder eine Halskette mit einem Anhänger,

„Bevor ich anfange zu sprechen, möchte ich euch bitten, mit mir das Mantra „Om-mani-padme-hum" zu sprechen".

Er setzte seine sonore Bassstimme ein, brachte den Saal zum Schwingen und die Damen schwangen mit. Das Mantra verklang.

„Es gibt glückliche Menschen, Menschen, deren Unterbewusstsein frei ist von Dämonen ihrer Kindheit und Jugend. Diese Menschen haben in der Regel nicht das Bedürfnis nach spiritueller Arbeit. Sie ruhen in sich und sie werden nicht so leicht aus der Bahn des Lebens geworfen. Die moderne Psychologie nennt diese Fähigkeit Resilienz.

Die meisten Menschen aber werden geprägt durch vielfältige Erfahrungen von Erfolg und Krisen, beides zwei Seiten einer Medaille. Immer, wenn etwas passiert, was unseren Erwartungen entspricht, so ist das ein Erfolg. Unser Ich – unser Ego – geht gestärkt aus diesen Erfahrungen hervor. Umgekehrt ist es dasselbe. Wir werden von einer Person enttäuscht, ein Projekt misslingt, unser Ego wird geschwächt. In beiden Fällen entfernen wir uns von der Mittelposition. Der Blick des Enttäuschten richtet sich nach oben, dort wo er glaubt, Erfüllung zu finden. Der erfolgreiche Mensch blickt nach unten, denn er fürchtet sich davor, nicht perfekt zu sein. Beide Menschen sind nicht mit sich im Reinen.

Was können wir tun, um aus diesem Teufelskreis heraus zu kommen?

Es ist einfach und schwer zugleich. Eigentlich muss der Mensch nur einen Augenblick fokussiert sein, um seinen Bewusstseinszustand zu erhöhen. Aber wir haben einen Schutzmechanismus, der uns davon abhält. Dieser Wächter, wie ihn Freud genannt hat, ist so etwas wie der

Zerberus, der den Eintritt in die Unterwelt versperrt.

Warum ist das so? Wenn wir uns voll konzentrieren, so zerbricht unsere Wirklichkeit, wie nehmen so viel wahr, dass unser „Ich" auf der Stelle kollabiert. Wir werden uns in diesem Moment aller Dinge bewusst, die um und in uns passieren. Dass wir nur ein Konstrukt sind, das sich mit jedem Gedankensprung verändert. Man kann natürlich trainieren, sich dieses dauernden Gedankenstroms bewusst zu werden. Man kann abends in Gedanken den Tagesablauf vom Ende zum Anfang wiederholen. Oder man kann Dinge einmal anders machen als jeden Tag. Der menschliche Roboter wird schon ein wenig erschüttert, wenn du morgens erst die Zähne putzt und dann frühstückst."

„Das klingt ja ganz einfach", raunte Gabi ihrer Freundin Olga zu.

„Aber lass uns weiter zuhören".

Der blaue Guru ging einen Schritt weiter.

„Auf diese Weise kann man sein Bewusstsein allmählich verändern. Es gibt aber auch spontane Erlebnisse dieses „Nirwanas", also dieses wunderbaren Gefühls der Auslöschung des Ichs, der Öffnung für den Kosmos, von dem alle spirituellen Meister sprechen. Und es ist immer dasselbe, manchmal mit anderen Worten."

„Das hört sich aber gut an!" flüsterte Olga aufgeregt.

Gabi legte den Finger auf den Mund.

„Als Ergebnis meiner langjährigen Übungen kann ich eigentlich nur vorschlagen, sich zu zügeln. Langsam dem Ziel näher zu kommen. Denn die Menschheit muss ein kosmisches, altruistisches, naturliebendes Bewusstsein entwickeln. Sonst überleben wir nicht.

Wir überleben nicht den Klimawandel, nicht die Zerstörung der Natur, nicht das Zurückdrängen der Tiere. Unsere bisherigen Denkmuster sind eine Falle. Eine Falle im Sinne eines monokausalen Denkens. Aber: Wir müssen uns so langsam entwickeln, dass wir in dieser, bisherigen Welt nicht anecken, nicht für verrückt eingestuft werden können.

Ich plädiere daher für geführtes Mantren-Singen, für dynamische Meditation, für Lach-Yoga. Für alle Formen gemeinschaftlicher Übung in Denken und Fühlen jenseits der gewohnten Fühl- und Denkmuster. Soviel für heute. Zum Schluss möchte ich noch einen Text von Hermann Hesse zitieren:

Sie sagen, dass Suchen nach dem Ich sei weniger wichtig als das Finden des rechten Verhältnisses zu den anderen. Aber das ist gar nicht zweierlei. Wer jenes echte Ich sucht, der sucht zugleich die Norm allen Lebens, denn dieses innerste Ich ist bei allen Menschen gleich. Es ist Gott, es ist der „Sinn". Darum sagt der Brahmane zu jedem fremden Wesen: „Tat twam asi = das bist du!" Er weiß, dass er keinem anderen Wesen schaden kann, ohne sich selbst zu schaden, und dass Egoismus keinen Sinn hat"

Olga und Gabi waren tief beeindruckt. Sie wollten in Zukunft öfter an Yogaübungen, am Mantrensingen oder therapeutischem Lachen teilnehmen.

Demonstration

„Holt den Gockel von dem Sockel", „Ho-Ho-Ho-tschi-min". Damals, als gegen den „Numerus Clausus" gekämpft wurde und der Kultusminister Hahn hieß, zählte die Polizei Ettlingen 51 Demonstranten. Martin Vogler war dabei. Als die Schüler die Schillerstraße sperrten, hörte er jemanden rufen:

„Martin, gehsch do runner!"

Martin blickte sich um. Onkel Rainer, Verkehrspolizist, konnte es nicht ertragen, dass sein Neffe die Hauptverkehrsader Ettlingens unpassierbar machte. Martin blickte ihn an, dann seine

Mit-Demonstranten. Schließlich stand er auf und trollte sich. Nichts war es mit „Hoch die Internationale Solidarität".

So ist das eben in Ettlingen. Man kennt sich. Wenn in der kleinen Stadt demonstriert wird, ist das eine private Angelegenheit.

Heute steht Vogler als Reporter vor dem Ettlinger Schloss. Eine Demonstration „Gegen die Corona Diktatur". Vor dem Hauptportal des Schlosses, zwischen Rimmelspacher Platz und Schlossgartenhalle, stehen oder sitzen kaum zwanzig Menschen. Blassgraue und farbenfroh orange gekleidete, manche mit Trommeln, manche mit Flugblättern.

Vogler fühlte wieder seine Beklemmung vor fünfzig Jahren. Damals hatte man als Demonstrant zu hören bekommen:

„Geh doch nach drüben, wenn es dir nicht passt".

„Alles Kommunisten".

Heute, dachte Vogler, müsste sich das geändert haben. Aber nein:

„Corona-Spinner." „Alles Nazi-Propaganda"

„Lüge, Lüge".

Vogler war froh, dass er nicht zu den Demonstranten gehörte. Durch den Lärm angelockt, stießen immer mehr Besucher des Samstagsmarkes dazu. Die Demonstranten kamen offensichtlich aus verschiedenen Lagern, sie gaben sogar zu, dass sie sich auf den kleinsten gemeinsamen Nenner geeinigt hatten.

„Keine Einengung der Grundrechte"

„Öffnet die Schule für die Kleinsten",

„Der Virus ist nicht so gefährlich, wie man es uns glauben macht."

Vogler hatte Mitleid mit den Demonstranten, die wenig wortgewandt auf ihren Plätzen kauerten, sichtlich darum bemüht, den vorgeschriebenen Hygieneabstand einzuhalten. Schließlich ergriff ein etwa 25-jähriger Mann das Wort, sprach ohne sich zu verheddern, klar und verständlich, er bekam sogar Beifall. Die braven Bürger, ebenso verängstigt wie die Demonstranten, hielten ihre selbst-genähten Masken oder Schals vor den Mund und lauschten.

Olga Weinlaub zog ihren widerstrebenden Mann, an den Rand der Versammlung. Für sie, die aus Belarussia stammte, war es ein einzigartiges Schauspiel. Hier in Deutschland wurde nicht mit Tränengas und Wasserwerfern gegen Regimegegner vorgegangen. Wieder einmal war sie froh, in Ettlingen zu leben.

„Erwin", sie deutete auf einen Mann mit weißem Bart, "kennst du den?"

Erwin hatte ihn längst erkannt. Es war sein Naturarzt-Kollege Dr. Semmelweiß.

„Lass uns lieber gehen", raunte er ihr zu bei anschwellendem Lärmpegel. Erwin Weinlaub wollte nicht in der Nähe dieser Veranstaltung gesehen werden. Und Martin Vogler wollte lieber nicht wissen, ob sich durch diese Demo etwas ändern würde.

Lob der Stillen

Wir leben im Zeitalter des Lärms. Auch in Ettlingen. Alles was Lärm macht, ist auch schnell, effizient. Das kennen sie. Schon lange gibt es ihn nicht mehr, den Beppo Straßenkehrer, der mit seinen entspannten Bewegungen mit seinem Besen fast schon wieder ein Vorbild für Achtsamkeit und Entschleunigung abgibt. Oder auch die Fahrgäste, die mit der AVG nach Karlsruhe fahren, weil es ihnen egal ist, ob es eine Viertelstunde länger dauert als mit dem Auto.

Mit der Landfrau auf dem Ettlinger Wochenmarkt kann man noch sprechen, mittwochs auch bei der Bürgersprechstunde des OB, es gibt Lehrer, die sich Ruhe und Zeit für die Probleme der einzelnen Kinder nehmen, ja, und mancher Wirt spielt Seelentröster am Tresen.

Wenn heute Natur glatt rasiert wird, wenn die Motorsensen angeworfen werden, so hört der Spaziergänger im Horbachpark eine Viertelstunde nichts mehr, oder genauer gesagt, ihm schmerzt das Trommelfell. Den Insekten übrigens auch. Sie lassen sich nicht mehr blicken. Wer hat den letzten Heuhüpfer gesehen, den Falter beobachtet? Die Ränder des Horbachs werden mit den Geräten bearbeitet, lärmen im Ohr wie tausend wildgewordene Fliegen und die Arbeiter brauchen dazu Augen-, Ohren- und Fußschutz.

Im Gelände des Horbachparks gibt es aber noch die stillen Arbeiter. Sie trimmen die riesigen Grasflächenhervorragend, sie lärmen nicht herum, sie tragen keine Schutzkleidung und sie verlangen keinen Lohn. Vielleicht haben Sie sie auch schon entdeckt: Die Schafe, die Pferde, die Kühe und die Ziegen. Es ist fast ein Wunder, dass es so etwas noch gibt. Oder endlich wieder.

Notdienst Dr. Weinlaub

Nachts um halb eins schrillte es. Ist das der Rauchmelder? Oder die neue Rundum-Alarmanlage, die am Haus alle Bewegungen registriert? Erwin beruhigte seine Frau, schnappte sich den Schreckschussrevolver aus der Nachttruhe und eilte die breite Treppe hinunter durch das geräumige Treppenhaus. Dabei schaute er sich ständig um nach Eindringlingen.

Es war nur das Telefon. Es hörte nicht auf zu klingeln.

„Weinlaub. Wer spricht dort?" fragte er verärgert.

„Hier ist Leyla Dimiglu. Herr Doktor, ich störe Sie sicher, aber es ist wichtig. Meine Tochter Alischa hat furchtbare Bauchschmerzen und ich dachte mir, Ihnen vertraue ich, verstehen Sie. Können Sie nach ihr schauen?"

„Wie spät ist es denn? Sie haben mich aus dem Tiefschlaf gerissen."

„Tut mir leid, aber ich glaube es ist etwas Schlimmes. Ich habe schreckliche Angst um sie."

Weinlaub überlegte kurz, dann zog er sich an und setzte er sich in sein Auto, die Gartentüren schwangen automatisch auf und er fuhr durch die leeren Straßen nach Ettlingen West. Die Dimiglus wohnen in Pappelweg in einem kleinen Haus mit einem großen Nussbaum davor. Nicht zu übersehen.

Er parkte den Wagen und eilte zu seiner Patientin. Alischa, sonst die Ruhe und gute Laune in Person lag in ihrem Bett Sie jammerte gottserbärmlich und deutete auf ihren Bauch. Sie hatte hohes Fieber. Vorsichtig zog er den bunten

Schlafanzug ein wenig hinunter und betastete die Leistengegend. Er konnte noch nichts spüren. Erst als er die tastenden Finger etwas tiefer ansetzte, spürte er eine Wärme und Härte. Er drückte vorsichtig. Alischa schrie laut auf.

Der Vater erschien in ihrem Zimmer. Er sah schlaftrunken aus. Weinlaub schaute erst Alischa an, dann ihren Vater.

„Das ist eine akute Blinddarmentzündung. Herr Dimiglu, können Sie Ihre Tochter nach Rüppurr ins Diakonissenkrankenhaus bringen, in die Notaufnahme? Sie muss so schnell wie möglich unters Messer."

Herr Dimiglu nickte.

„Aber meine Frau muss mitkommen, ich kann nachts nicht so gut sehen."

Erwin Weinlaub war selbst ziemlich aufgelöst. Alischas warmer Körper hatte in ihm etwas ausgelöst. Die Angst in ihren Augen, die Hoffnung, die er ihr geben konnte. Er blickte sie verwirrt und innerlich erregt an.

„Alischa, es wird alles gut gehen".

Als er gehen wollte, bat Herr Dimiglu: „Bitte Herr Doktor, helfen Sie mir, Alischa die Treppen hinunter zu tragen."

Er musste die Türen aufzuhalten, Alischa ins Auto hieven. Während sich die Eltern richteten, hielt Erwin Weinlaub die Hand des fiebernden Mädchens. Zehn intensive Minuten lang.

Die Schlange

Herbstliches Grün schmückt die Platanen an der Allee. Als Martin Vogler mit seinem schwarzen Duster gerade vom Grünabfallplatz zurückkommt, nimmt er eine Schlange von etwa 50 Menschen wahr. Sie unterhalten sich nicht, sie stehen nur da, die meisten in Freizeitkleidung. Irgendetwas muss es hier umsonst geben. Doch weit und breit kein Discounter, keine Haushaltsauflösung, kein Puff, der Gratisnummern anbietet oder Politiker, die hübsche Luftballons an Kinder verteilen.

Vogler sind Schlangen nicht geheuer. In England ist das ein Zeichen von Zivilisation, wenn man sich an Bushaltestellen in einer Reihe aufstellt. In Deutschland hat das für ihn einen unangenehmen Beigeschmack, egal ob es fast abgelaufenen Lebensmittel an Sozialhilfeempfänger gibt oder eine Versicherungsgesellschaft Vertriebspartner mit hohen Gehältern lockt oder nein, daran will Vogler jetzt nicht denken. Die Menschen sehen nicht glücklich und nicht unglücklich aus. Es ist ihm ein Rätsel, was sie an einem kühlen Tag an der Platanenallee wollen. Schließlich erkennt er am Anfang der Schlange ein Praxisschild. Irgendetwas wollen die Menschen. Das muss die Stelle sein wo man sich in Ettlingen testen lassen kann. Er fährt langsam weiter, ohne die Menschen anzustarren.

Testen - ein Erfolgsmodell

Eines der Grundprinzipien des guten Managens ist die Delegation. Doktor Weinlaubs Arzthelferinnen, Gerda, Gesine und seit einem Jahr auch Alischa Dimiglu sind voll ihm Einsatz. Während Gerda die Daten der Testpersonen aufnimmt, Mundschutz beidseitig, warten Gesine und Alischa in den beiden provisorischen Kabinen, reden beruhigend auf die Leute ein. Zeigen das Teststäbchen, führen es kurz in den Hals ein und platzieren es in einem Plastikröhrchen.

Das ausgedruckte Klebeetikett haben die Probanden schon mitgebracht. Sorgsam werden sie nach der Probenentnahme auf einem anderen Weg nach draußen geleitet. Alle Hygienebestimmungen sind erfüllt. Gesine und Alischa schwitzen unter ihren FSP-2-Masken, sonst geht alles reibungslos. Alle fünf Minuten werden zwei

PCR-Tests abgenommen. Kostenpunkt pro Test achtzig Euro.

„Zahlt alles die Kasse", bestätigt Gerda Klein.

Dr. Weinlaub mag Durbacher Wein

Als Erwin Weinlaub, jetzt ohne Kittel, in seinem weinroten Porsche Panamera die Auffahrt zu seiner repräsentativen Villa am Robberg hinauffährt, hat er ein gutes Gefühl. Das moderne Haus ist zweistöckig, im modischen grauweiß, glasig gehalten im aktuellen Schuhkarton-Design. Der Rollrasen ist ohne Makel, die Kiesschüttung ist pflegeleicht und dazwischen sorgt ein kleiner Buddha für den spirituellen Touch. Leise surrt Otto, der Mähroboter in seine Hütte, um neue Energie zu tanken. Es ist angenehm still, das Haus von der Straße her nicht einsehbar, an der Klingel steht „Klingel".

Herr Klingel lächelt. Er hat den Aufstieg geschafft. Wie seine Olga es wollte. Endlich ist er oben angekommen, in der High Society. Ein wenig Distanz zu den übrigen Menschen ist durchaus angebracht.

Im Keller hat er einen kleinen, aber feinen Schrank mit ausgewählten Weinen. Er ist nicht versnobt, er wüsste auch nicht, wie das geht. Er sammelt Moselweine und Weine aus seiner Heimat: Durbacher, Markgräfler, aus der Ortenau und Oberrotweiler. Seit der Zeit seines Vaters hat sich der Moselwein gemausert, hat seinen unverfälschten Geschmack von Sonne und Schiefer bekommen, ohne die früher übliche Zuckerung. Die badischen Weinregionen bewandert er gern unterm Jahr, kauft ein paar Flaschen direkt beim Winzer, mag urige Besenwirtschaften. Heute, so rechnet er spontan, hat er wieder Geld für zweihundert Flaschen verdient.

Zuerst war ihm diese Corona-Geschichte übel aufgestoßen. Viele Leute blieben den Arztpraxen fern, aus Angst, sich in Wartezimmer zu infizieren. Gott sein dank hatte Erwin Weinlaub mit den Tests eine rentable Nische entdeckt. Er warf die Fahrertür sanft zu und genoss den satten Ton, den sie dabei von sich gab.

Die Straße nach Mendozino

Früher gab es bei Edeka im Herbst Äpfel vom Bodensee oder aus der Pfalz. Die Spargelzeit war im Mai. Die Orangen kamen an Weihnachten aus Sizilien. Heute war immer alles erhältlich, egal ob Weintrauben, Kiwis, Kakifrucht, Pilze oder Kartoffeln.

„Achmed, kannst du mir sagen, wo San Lucca ist?", fragt Frau Dimiglu ihren Mann.

„Das hört sich an wie spanisches Dorf."

„Vielleicht. Aber mich wundert, dass alles Obst und Gemüse aus diesem Ort in Spanien stammen soll."

„Oder kommt das aus der Toscana? Ich glaube, dort ist San Lucca!"

Gibt es einen geheimnisvollen Ort auf der Welt, wo immer alles wächst, wo alles frisch geerntet werden kann? Oder ist dieses San Lucca doch nur ein Ort, wie so viele, versteckt unter den Quadratkilometer großen Plastikgewächshäusern von Almeria, die in der Sonne leuchten und unter denen sich afrikanische Asylanten mit Wasser und Spritzmitteln um die Gesundheit der Lebensmittel bemühen?

Oder gibt es Idealisten, die das Obst ihrer Plantage oder ihrer Agrargenossenschaft mit Lastwagen frisch und ohne Zwischenhandel in Europa an den Mann bringen? Die kostendeckend arbeiten und damit auch die Früchte, die nicht dem Normgewicht und den optischen Vorstellungen entsprechen, an den Mann bringen.

Das Gesetz steht auf der Seite der Discounter. Sie werfen weg, was nicht verkauft werden kann.

Verboten ist nicht das Wegwerfen von Lebensmitteln. Verboten ist, das, was noch essbar ist, aus den Containern zu holen, um es zu essen. Das ist Diebstahl.

Dazu passt der Satz von Anatole France:

„Die majestätische Gleichheit des Gesetzes verbietet es Reichen wie Armen, unter Brücken zu schlafen, auf den Straßen zu betteln und Brot zu stehlen."

Dieter Barendt, der Mann vom DLRG, schaute sich gerade nach Zwiebeln um und sprach mit sich selbst:

„Verpackt von San Lucca. Schön und gut. Der große Obst-Handelsmarkt hier in Ettlingen."

„Aber wo kommt das her? Wie werden die Arbeiter bezahlt? Wie sehen deren Wohnungen aus? Wo übernachten die LKW-Fahrer aus Rumänien. Wer verdient wieviel in San Lucca? Und -

müssen Milchbetriebe in Deutschland schließen, nachdem Aldi, Lidl, Metro, Real den Preis gedrückt haben bis die Bauern quietschen? Wie praktisch ist es, Discounter zu haben. Einmal hin, alles drin."

Die Dimiglus schauten den Mann verwundert an.

Mundart II: Die zwei Schwäne

Heit war en sonniger Dag, de Vierde in dere Woch. Un I bin zum erschde Mol widder zum Sulzbacher Baggersee g'radelt, Immer um die Schbaziergänger rum, wie beim Fahrdräning bei Gladdeis. S'war erschdmol nemme so windig un's had richdig Schbas g'macht. Am See heb I denkt, bin I alloi, aber Pfeifedeckele, die erschde hen sogar scho versucht zu baden, so bis zu de Knech'l. Und wen seh ich außerm Wolfgang? Die zwai Schwän sinn widder do, wolde g'fiddert werre. Sinn ganz geniegsam, grienes Gras langt denne. So Schwän heb I vor Johre scho mol g'molt, wie se uff em Weiher im Watthaldepark zusamme ihre Krais zoge hen.

Un immer zu zweit. Mer sagt jo, die bleibe e Lebe lang zusamme. Des hat mer domols gut g'falle, wo I grad frisch verliebt war in mei Frau, I glaub', unser erschdes Kind war g'rad im Amarsch.

So wie die Schwän heb au I mei ganzes, glickliches Lebe mit meim Partner verbracht, mol had's g'rechert, aber moischdens war eitel Sonnenschein, mei Frau war g'nug Sonn fier die ganze Familie und au noch fier a Menge Freinde. Un jetzt, wo se dot isch, was macht mer do als Schwanemann?

Soll I warde uff die heidere Gelassenheit, die angeblich im Alder kommt? I guck um mi num un seh die Jugend, wie se de gleich Schpass hat am Rumkraxle uff de Beem, wie se sich in de Puberdät immer annersch wie die Alde gebe misse, wie sich die junge Leid zum erschte Mal an de Hand hebe, wie die Armadas von Kinnerwoge von de junge Midder und von Väddern durch unseren Horbachpark kutschiert werre. I seh die junge Herre, die mit ihre 180 PS mit 80 Kilomeder die 50 Meder von der Wilhelmschtros presche, wie sich die Behinderte im Cap Mieh gebe an die Kass und beim Eiräume, I muss grinse, wenn I die Bube seh, wenn se mim Handy auf Schatzsuche gehn oder wenn Polidiker große Rede schwinge un wie immer nix bassiert, oder ebe so langsam, dass mer's net merkt.

Also, was mach I jetzt? Soll I de ganze Zirkus noch emol afange, von vorn. Soll I bescheide kleine Bredle in en läbbrige Kaffee schdibbe? Oder soll I mit em Wohnmobil alloi durch Europa fahre, hinne mit em Aufkleber „The last Advendschurer" un mich dann uf'm Campingplatz bei de annere Silberricke einreihe? Oder soll I mer so a leichtendes Plaschdikaziegle kaufe und mid'm E-Bike immer nach Dorlach, Malsch oder Neiburgweier un z'rick radle? Oder solle mich in de Wartezimmer von der Ärzt rumdricke, bis se tatsächlich was g'funne hen? I glaub, des isch alles nix fir mich. I bin immer gern g'schwomme. I glaub, I geh zu den Schwän.

Schwäne II

Der Himmel war etwas bedeckt an diesem Herbsttag, bot aber genügend Licht für die wichtige Aufgabe, die zwei Berufsfischer zu erledigen hatten. Sie standen unter Beobachtung. Nicht nur der Stellvertreter des OB und zehn städtische Arbeiter in ihrer orangen Arbeitskleidung waren da. Neben den Transportern, die direkt an den See herangefahren waren, stand der Ettlinger Korrespondent der BNN, die Anwohner, die Modellbootfreunde und zirka hundert Schaulustige. Es ging um NESSI, das Ungeheuer vom Horbachsee.

Heute wurde Nessi jedoch die Show fast von Eva-Marie Wutke gestohlen. Seit ihr „Wolfkind" quer durch die Presse Beachtung gefunden hatte, rissen sich die Leute um einen Blick auf das Kind. So auch heute.

Jeder in Ettlingen hatte von Nessi gehört. Das Ungeheuer tauchte durch den ein Meter tiefen Horbachsee. Niemand hatte dieses Ungeheuer je gesehen, aber es hatte dem Schwanenpaar, das jetzt schon fünf Jahre diesen See durch seine Schönheit und Eleganz bereicherte, drei Kinder weggefressen. Bei lebendigem Leibe.

Jetzt kam der Tag der Abrechnung. Das Wasser des kleinen Sees, erbaut zur Landesgartenschau, wurde abgelassen. Wie üblich zappelte es an vielen Stellen: Karpfen, fett gefüttert von den Besuchern, und Frösche. Auch Bierflaschen und anderen Unrat galt es zu entfernen.

An den Rändern ragte ein dichtes Rohr, in dem sich weiß-Gott-was verstecken konnte. Auch da hinein storchten die Fischer mit ihren hohen Anglerstiefeln. Es war nur noch eine Frage von Minuten, bis das Untier endlich gefangen wird.

Der Wasserstand war inzwischen auf unter zehn cm gefallen. Die Schaulustigen, die seit Tagen von nichts anderem redeten, gaben ihre Vermutungen zum Besten:

„Ich glaube, das war kein Wels. Ich denke e-
her, da hat jemand ein Krokodil ausgesetzt".

„Aber wie denn? Das hätten wir doch gesehen.", widersprach Johann, der bekannt war für
seine selbstgebaute Fregatte.

„Ich sage euch, das war ein Wels. So ein Kor-
moran, der packt doch keinen Schwan, auch keinen jungen."

Der OB war nun doch noch gekommen. Die
Gelegenheit, sich als Retter zu präsentieren,
wollte er sich nicht entgehen lassen. Er begrüßte
seinen Stellvertreter mit Handschlag und fragte:

„Komme ich zu spät?"

„Sie müssen Nessi gleich haben. Der See ist
fast leer gelaufen. Dann hat das Ungeheuer keine
Chance mehr."

Er deutete auf die beiden Fischer, die das
Rohr auseinanderbogen. In diesem Moment ging
ein Schrei durch den Menge. Die Fischer hoben
etwas Großes, Schwarzes in die Höhe. Zappelte
es noch?

Es war eine halb verfaulte Damenhandtasche.
Und bei diesem Fund blieb es denn auch. Nessi
blieb zwar verschwunden, doch die Legende lebt
weiter.

Paradigmenwechsel

Ich hatte nicht geahnt, was da auf mich zukam: ein Überfluss an Wörtern, unkontrollierbar. Leider nicht für jeden verständlich, wie es beim Pfingstwunder in der Bibel der Fall war. Vielleicht auch wie ein unaufhaltsamer Hurrikan der Worte, der über mich hereinbrach, unaufhaltsam, unerhört und auch unglaublich.

Ich war gerade auf dem Weg zum Rewe, um eine Tafel Schokolade, mit Marzipan gefüllt und mit Bitterschokolade umhüllt, zu kaufen. Vor der Clevedon-Brücke bin ich abgestiegen, weil sie noch vom Winter her voller Rollsplitt war. Ich bin vorsichtig und wollte nicht mit dem Fahrrad auf der Brücke über die B3 ins Schleudern geraten. Aber die wirkliche Gefahr bestand in einer Frau, die ebenfalls vom Fahrrad gestiegen war und nun dem fließenden Verkehr unter der Brücke zusah.

Ich bin schuld. Ich hätte sie nicht ansprechen sollen. Sie tat mir leid. Bei der Demo vor dem Schloss hatte sie so gezittert, innerlich, dass ihre Sätze immer wieder auf halber Strecke abbrachen.

„Wie ging es dir bei der Demo?", fragte ich sie. Ich kenne sie nur flüchtig. Sie heißt Hedwig, Helga, was weiß ich.

„Es war furchtbar, diese Störer. Ich hatte das Gefühl, keiner hört zu. Ich war total nervös".

Ich wollte Interesse zeigen. „Wie ist das eigentlich mit den Todeszahlen von Corona. Das habe ich nicht verstanden" Mein zweiter Fehler.

„Alles Lüge. Ein Pathologe in Hamburg hat alle Verstorbenen seziert. Fast alle waren über 80 Jahre und hatten Vorerkrankungen. Fettsucht, Zucker, Leberzirrhose, Hochdruck, Krebs. So was."

„Ok, das verstehe ich." Dritter Fehler.

„Aber das ist nicht alles. Es ist alles eine Verschwörung."

„Wie, - Verschwörung?"

Jetzt kam sie in Schwung.

„Die haben sich schon 2019 abgesprochen. Die Pharmakonzerne, die Regierungen, der Spahn, die Merkel, der Drosten, die WHO, die Bill-Gates Stiftung. Alle wollten daran mitverdienen. Und die Presse schreibt oder erzählt uns lauter Lügen, alle dasselbe Märchen vom gefährlichen Virus. Dabei hatten wir schon 2018 eine Virusgrippe. An der sind zwanzigtausend Menschen gestorben. Aber da hat keiner berichtet, sich keiner aufgeregt. Jedes Jahr gibt es wieder neue Mutationen von Grippe- oder Covidviren. Und die Presse schreibt: Es muss einen harten

Lockdown geben, alle müssen getestet, alle geimpft werden. Und dann wollen sie uns mit der App überwachen. Die jungen Leute dürfen nicht mehr feiern. Wir dürfen nicht raus, sollen nicht demonstrieren. Und wenn doch, sehen sie von 100.000 Demonstranten nur 10.000. Und die sind dann angeblich alle Nazis, Idioten. Der Bhakti und der Wodarg werden bei Youtube zensiert, wenn ein Arzt seine Meinung sagt, drohen sie mit Berufsverbot oder er wird strafversetzt."

Sie holt tief Luft, um dann sofort weiterzureden.

„Eine Freundin von mir und mein Onkel hatten schon Corona. Na und - ein wenig Kopfweh. Daheim geblieben. Jetzt leben sie fröhlich weiter. Alles nur Angstmache. Der Spahn hat jetzt eine Luxusvilla, sicher nicht von seinem Ministergehalt. Und jetzt kommt auch noch raus, dass Abgeordnete am Maskenhandel dicke verdient haben. Die Maske würde ich mir sowieso am liebsten runterreißen!"

„Du willst nicht einmal die Maske tragen?"
Sie bemerkte, dass ich noch da war.

„Natürlich nicht. Die helfen kaum etwas. Wenn man sie länger als eine Stunde am Stück trägt, kann man Bronchitis bekommen von den gebrüteten Bakterien. Und der PCR-Test funktioniert auch nicht. Er sagt nicht, dass man krank ist.

sondern nur dass man mit den Viren in Kontakt war. Das steht sogar auf dem Beipackzettel."

Sie schaute mich eindringlich an.

„Die da oben, die wollen uns ausrotten. Das ist alles eine gemeinsame Aktion gegen die Armen der Welt. Wen trifft es denn? Die Leute, die kein Geld für eine angemessene Wohnung haben, die kein Geld oder keine Ahnung haben von gesunder Ernährung, die sich zu wenig bewegen und dann noch Junkfood futtern."

Helga holt tief Luft, um mir weitere Worte entgegen schleudern zu können.

„Der Gates hat in Indien Medikamententest an armen Leuten machen lassen. Frauen sind unfruchtbar geworden. Manche gestorben. Da sieht man, was die vorhaben! Ab jetzt wird nur noch geimpft. Das wird uns doch helfen. Na ja, im Moment sind es nur zwei Dutzend Todesfälle aufgrund der Impfung. Aber was ist mit den Langzeitfolgen? Und der Herbst kommt. Spätestens dann kommt die nächste Mutation und dagegen hilft die alte Impfung nicht. Also alles wieder von vorn. Bis der Staat und die Krankenkasse pleite sind. Und dann wir. Denn wer zahlt die höheren Steuern. Wir natürlich. Und die ganzen Kneipen, die Veranstalter, die Künstler."

Sie hätte wahrscheinlich immer weiter geredet.

„Fühlst du dich persönlich bedroht?", versuchte ich einzulenken.

„. Jeden Tag und jede Nacht lese ich die neuesten News aus dem Internet, in alternativen Medien. Ich kann kaum noch schlafen."

„Und was schlägst du vor?", versuchte ich vorsichtig, sie wieder in eine positive Richtung zu lenken.

„Wir müssen unsere Selbsthilfekräfte stärken, Vitamin C und D. Wir brauchen Bewegung in frischer Luft. Unsere Abwehr funktioniert, wenn wir Spaß, Glauben und Optimismus haben."

Mir dröhnte der Schädel. Mir waren das zu viele Worte, zu viele wild gemischte Theorien. Ich wollte abschalten, meine Nerven waren aufgekratzt. Ich brauchte meine Tafel Schokolade, keinen Paradigmenwechsel.

Ich hatte plötzlich die Idee, wie ich ihr aus dieser Nummer heraushelfen könnte. Ich musste einen Witz erzählen. Einen den sie noch nicht kannte. Obwohl es zu diesem ernsten Thema fast keine echten Witze gibt.

„Das muss ich mir noch einmal überlegen. Ich hoffe, du kommst wieder ein wenig zu Ruhe. Ach ja, da habe ich noch einen guten Witz für dich."

„Lass hören!"

„Jens Spahn und Karl Lauterbach sitzen im Restaurant und haben gute Laune. Kommt ein

Mann und fragt, was denn so lustig sei. Lauterbach antwortet: Wir werden einen harten Lockdown machen. Wir sperren alle 82 Millionen
Deutsche ein und ein Zebra. Der Mann ist verwirrt. Weshalb wollen Sie denn ein Zebra ein-
sperren? Lauterbach lacht laut auf und klopft
Spahn auf die Schulter. Ich hab' s dir doch gesagt, sobald man ein Zebra ins Spiel bringt, haben die Leute die 82 Millionen vergessen!".
Ich war erschöpft. Bei Rewe fand ich meine
Schokolade.

Beethoven im Birdland

Der Gewölbekeller des Birdland war zur Hälfte
gefüllt. Gedämpftes Licht ging von der Bar aus,
ansonsten war nur die Bühne in helles Licht ge-
taucht. Heute Abend war ein Highlight angekün-
digt: Hiromi: THE TRIO PROJECT mit Beethoven
Interpretationen. Z.B. Piano Sonata Pathetique
Nr.2. Das versprach einen ungewöhnlichen Hör-
genuss: Klar, seit Jaques Loussier wusste man,
wie eine perfekte Jazzinterpretation von Bach
klingt. Auch Keith Jarrett hatte nicht mit Anleihen an die Klassiker gespart. Und die Rockjazzer
hatten sich mehr als einmal an der 5. Sinfonie
versucht. Zumindest der Anfang war gelungen.
Barock-Musik von Bach oder Telemann eignet

sich eben besser für Jazz als Beethoven. Umso größer war das Interesse an diesem Konzert.

Martin Vogler hatte nicht geglaubt, ohne Vorbestellung einen Tisch zu bekommen. Doch er saß mit seinem Getränk von der Bar, allein am Tisch. Inzwischen strömten viele Jazzfans in den Keller. Erstaunlich wenige im klassischen Existenzialisten-Look, die Damen hatten nicht die gleichen Roben angelegt wie für das Staatstheater.

„Ist an ihrem Tisch noch ein Platz frei?"

„Ja" sagte Vogler automatisch, und der Mann setzte sich.

Es war schon ein paar Jahre her, als er diesen Mann zuletzt gesehen hatte. Damals hatte er sich eine Diagnose zwischen einem Hexenschuss und einer Niereninfektion von ihm erwünscht. Weinlaub hatte bei Vogler, damals Privatpatient, alle Register gezogen und statt eines einfachen Urinstatus für 10 € am Ende eine Rechnung von 500 € geschickt. Vogler hat die Praxis ab sofort nicht mehr besucht. Sie waren nicht im Guten voneinander geschieden. Pech für Vogler, denn seither vertraute er keinem Hausarzt mehr.

Weinlaub hatte sich kaum verändert, die Haare dunkel, seine Mimik und Gestik verhalten. Er sah fast jugendlich aus. Seine Bemerkungen über die Musik zeigten wenig Fachkunde, aber Interesse. Vogler war froh, dass Dr. Weinlaub ihn nicht erkannte.

Das Konzert begann mit einem Intro des bekannten Bassisten, bevor das Spiel auf dem Piano einsetzte. Alle starrten auf die Bühne, wo die junge Pianistin brillierte. Es war ein schöner Abend.

Voglers Alptraum

Martin Vogler brach der Schweiß aus. Was geschah mit ihm? Sein Ehebett bewegte sich unter ihm nach rechts. Es schaukelte immer schneller. Sein Bettzeug flog weg, er selbst wurde mitgerissen. Er rollte nach links, immer näher an die Abbruchkante. Das Bett schien zehn Meter lang zu sein. Er versuchte sich zu halten, aber dann stürzte er in die Tiefe.

Vogler erwachte. Er lag in seinem Bett. Aber seine sichere Heimat war ihm unter den Füßen weggezogen worden.

Radtour im Oberwald

Im Oberwald herrschten angenehme Temperaturen. Der feuchte Schleier der letzten Nacht war von den Sonnenstrahlen aufgeleckt worden, der moosige Waldweg war fast trocken. Eine Gruppe von E-Bikern bewegte sich langsam. Die Herrschaften trugen die passende Radlerkluft, alle in Rottönen, als seien sie eine Gemeinschaft. Es waren gut situierte Leute, das sah man an den entspannten Gesichtern und gepflegten Frisuren.

Dr. Geisler war heute nicht dabei. Ab und zu entwickelte sich ein kurzes Gespräch zwischen zwei Teilnehmern, bevor man sich wieder trennen musste, weil der der Treidelpfad am Kanal enger wurde. Die Gruppe hatte sich dazu entschlossen, statt der regelmäßigen Treffen im Erbprinz, die wegen Corona ausfielen, einen gemeinsamen Ausflug zu machen. Die Gespräche der Mitglieder des Lions-Clubs Ettlingen drehten sich um Berufliches: KIT-Professoren klagten über die überbordende Bürokratie, Ärzte über Neuheiten in der Pharmakologie oder nervige Simulanten, Anwälte über ihre Kollegen.

Gerade wendet sich Prof. Dr. med Kappler an seinen Club-Kollegen Weinlaub.

„Sie hatten natürlich Recht mit ihrer Diagnose. Das Fräulein Dimiglu haben wir schnell unter das Messer genommen. So ein Blinddarm kann gefährlich werden, aber sie wissen ja, werter Kollege, dass eine solche OP eine nette Übung für Assistenzärzte ist. Aber nachdem ich Ihre Einweisung gelesen hatte und gerade noch vor

Ort war, habe ich mich entschieden, ihre Arzthelferin selbst zu operieren. Wissen Sie, ich bin immer wieder fasziniert von den Farben und dem Glanz des Darms. Aber was erzähle ich Ihnen. Es, hat ja alles geklappt ... Ist die junge Dame eigentlich wieder auf den Beinen?"

Erwin Weinlaub war nur halb Ohr. Er war in seiner Phantasie zurück zu dem Krankenbesuch gerutscht,. Er wunderte sich, weshalb er mehr tat als das übliche Telefonat mit der chirurgischen Station. Er kannte die Klinik aus der Zeit, als er sich um seine kranke Mutter sorgte, die hier 4 Wochen gelegen hatte. Die Wände waren inzwischen in einem leichten Blauton gestrichen, die Luft schien ihm weniger geschwängert zu sein mit Desinfektionsmitteln wie damals.

„In welchem Zimmer liegt Frau Dimiglu?",

hatte er eine Schwester gefragt, die gerade aus dem Schwesternzimmer trat. Sie schaute ihn an.

„Sind sie ein Verwandter?"

Der Schutz der Patienten stand inzwischen auf der Tagesordnung.

„Mein Name ist Dr. Weinlaub, ich bin ihr Chef und behandelnder Arzt. Ich bin ein Freund von Prof. Kappler."

Die Schwester „Gertrud" zuckte zusammen.

„Ach so, ja, also Frau Dimiglu liegt auf Zimmer sieben."

Weinlaub klopfte an und eine schwache Stimme bat ihn herein. Er war überrascht, dass sie alleine in einem Dreier-Zimmer lag. Bisher keine Blumen. Er begrüßte sie und seine Augen suchten nach einer Vase.

„Da, in dem Schrank neben dem Badezimmer", rief ihm Alischa zu. „Ich danke Ihnen so sehr. Ich glaube, Sie haben mir das Leben gerettet, Herr Doktor Weinlaub."

„Herr Weinlaub, bitte."

„Also, Herr Weinlaub, wollen Sie mal als Doktor nach mir schauen?"

Sie klappte die Bettdecke zur Seite. Weinlaub setzte sich vorsichtig auf den Bettrand und Alischa schob das blassgelbe Flügelhemd zur Seite. Weinlaub wurde rot. Alischa trug einen schwarzen Slip, unter dem ein dicker Verband herausschaute. Vorsichtig löste er das Verband und schaute sich die Wunde an.

„Sieht ganz gut aus. Ich glaube, in vier Wochen werden Sie wieder einen Bikini tragen können" sagte er, um irgendetwas zu sagen.

Seine Hand lag auf ihrer weichen Haut, auf der Höhe ihres Nabels. Alischa blickte ihm direkt in die Augen. Er spürte, wie sich ihre kühle Hand auf seine behaarte, sehnige Hand legte. Er versuchte, aus dem Fenster zu sehen...

Weinlaub erwachte aus seinem Tagtraum. Er blickte zu Prof. Kappler hinüber, wobei er fast vom Rad gefallen wäre.

„Ja, ja, sie ist schon eine Woche zu Hause und möchte unbedingt wieder an die Arbeit".

„Na, das hört sich doch gut an. Richten Sie ihr einen lieben Gruß aus."

Voglers Flucht

Martin Vogler hatte die Diskussionen um Corona satt. Beide Seiten hatten ihre Argumente, die einen kritisierten das Vorgehen der Regierung, den anderen konnten die Reglementierungen nicht weit genug gehen. Mal war der R-Wert, dann die Todeszahlen, dann die Inzidenzen das maßgebliche Kriterium, dann aber letztlich die Bedrohungslage des Einzelnen, der an einer Vorerkrankung litt. Es gab keine gemeinsame Ebene.

Vogler musste weg, möglichst weit, mit möglichst viel körperlicher Bewegung. Die Anspannung wegstrampeln. Er entschied sich für eine lange Radtour. So dachte er. Als er in einer Kleinstadt am östlichen Rand von Paris sein E-Bike bestiegen hatte, ging er davon aus, mehrere Wochen unterwegs zu sein.

Der Nachteil eines E-Bikes war dabei die hohe Geschwindigkeit. Er passierte den Seine-Bogen, übersah eine Abzweigung und war dann doch auf einer Anhöhe, auf der sich eine Trabantensiedlung befand. Jede Menge Araber und andere Dunkelhäutige auf den Straßen. Aber trotz seiner Furcht musste er jemand nach dem Weg fragen. Die Angesprochenen waren nett und hilfsbereit. Erleichtert radelte er in der angegebenen Richtung weiter vorbei an Discountern, Tattoo-Studios, Motorradläden und Schrotthändlern. Bislang war von dem Gefühl von Weite noch nichts zu spüren. Zwanzig Minuten später war er auf freiem Feld, atmete die kühle Luft des Morgens, bewegte sich zwischen Büschen und einzelnen Fichtengruppen auf einem geschotterten Feldweg.

Noch hatte er nichts gesehen von der „Avenue Verte", einer sagenhaften Autobahn für Fahrräder. Topfebene asphaltierte ehemalige Bahntrassen würden für eine komfortable Fahrt sorgen. Und sie kam, schon wenige Kilometer später. Ein Genuss. Seine Reisegeschwindigkeit steigerte sich auf über 30 km/h. Es ging immer geradeaus. Er konnte sich entspannen und dachte an die letzten Monate.

Zwei Jahre nach dem Verlust seiner Frau hatte er begonnen, nach einer neuen Partnerin zu suchen. Obwohl das schwer werden würde. Die Messlatte lag nach 35-jähriger glücklicher Ehe hoch. Außerdem war seine Frau eine Schönheit gewesen, in deren lachenden Augen er sich gespiegelt hatte. Aber eben nur gespiegelt.

Er selbst war keine Schönheit, vielleicht intelligent und lustig, vielleicht ein guter Zuhörer. Aber nicht, was eine Frau vom Hocker reißt. Das wurde ihm klar, nachdem er viele Freundinnen gefunden hatte, zwischen Hamburg und Freiburg, zwischen Strasbourg und Bad Urach. Überall empfing man ihn mit Kaffee und Kuchen, wenn nicht vorher schon eine schriftliche Absage erfolgt war. Danach kam nichts mehr außer dem Angebot, man könne ja gute Freunde bleiben. „Gute Freunde" hieß Konversation, An- und Abreisen. Aber nichts Festes. Keine neue Partnerin für das restliche Leben. Auch für Frauen war eben der sinnliche Eindruck des Gegenübers das wichtigste Kriterium.

Nun suchte er Abstand zu gewinnen, Zeit, darüber nachzudenken, wie es weiter gehen könnte. Was er sich noch als Ziel setzen könnte für die restlichen Jahre seines Lebens.

Er passierte einen Bauernhof und winkte den Leuten zurück.

Martin hielt an und kontrollierte seine Reifen, den Sitz der Packtaschen. Alles OK. Er war erst zwei Stunden unterwegs, der Akku war schon zur Hälfte leer. Es wurde Zeit, eine Ladestation zu erreichen. Im übernächsten Dorf hatte er Mühe, einen Wirt davon zu überzeugen, dass sein Akkuladegerät dessen Stromrechnung nicht verdoppeln, sondern höchstens zehn Cent teurer machen würde. Er aß einen Hasenbraten mit Pommes, Bohnen und trank einem Demi-Panaché. Erschöpft suchte er sich am Weg einen Rasenplatz und schlief eine halbe Stunde. Danach ging es weiter. Seine Bewegungen wurden runder und er hatte schon um vier Uhr nachmittags sein Ziel erreicht.

Eigentlich hatte er kein Ziel. Es war nur ein nettes Dorf mit einem Marktbrunnen, mittelalterlichen Häusern, freundlichen Menschen. Und, das Wichtigste. Hier fand er eine Privatunterkunft. Die Vermieter boten ihm einen Snack für den Abend und ein Frühstück an und fragten nach dem Woher und Wohin. „Paris". Sie staunten. Vogler hatte bereits 120 km zurückgelegt.

Am nächsten Tag trübte das Wetter, das ihn bisher verwöhnt hatte, ein. Er musste auf der Avenue verte gegen den kalten Wind ankämpfen. An diesem Tag plagte er sich nicht lange und nach vier Stunden und immerhin hundert Kilometern übernachtete er in einem Billighotel mit Billigessen in einem Billigdorf.

Der folgende Tag begann mit Sonnenschein. Zwei englische Radfahrer leisteten ihm auf ihren E-Bikes angenehme Gesellschaft. Man hielt an einem Rastplatz, berichtete über verschiedene Radtouren und Martin erfuhr, dass es rund um London ein sehr gut ausgebautes Netz an Straßenbahnen gab. Wichtig, merken.

Irgendwann trennten sich die Wege, die Engländer wollten Frankreich weiter erkunden, Martin durfte sein Ziel, London, nicht aus den Augen verlieren.

Nachmittags wurde es eiskalt. Dicke Flocken wirbelten durch die Luft. Darauf war er nicht vorbereitet. Er suchte nach einer Plastiktüte und stülpte sie über seine Füße. So wurden die atmungsaktiven Sportschuhe nicht nass. Die Kälte blieb. Mit schlechter Sicht und nachlassendem Elan kam er schließlich doch noch in der Hafenstadt Dieppe an.

Die Geschichte der Stadt war eine glorreiche. Berühmte Seefahrer wurden hier geboren, Hugenotten fuhren von hier in die Neue Welt und gründeten die südlichen Provinzen der USA. Im Zweiten Weltkrieg spielte sich hier dagegen ein Drama ab, wie Vogler auf einem Schild las:

„Am 19. August 1942 landeten alliierte Solda-ten, hauptsächlich aus der 2. Kanadischen Infan-terie-Division, in Dieppe, in der Hoffnung, die Stadt in kurzer Zeit zu besetzen, Intelligenz zu gewinnen und die Luftwaffe in eine offene Schlacht zu locken. Die Alliierten erlitten mehr als 1400 Tote, 907 Kanadier und 1.946 kanadi-sche Soldaten wurden gefangen genommen: mehr Gefangene als die Armee in den 11 Mona-ten der Westfront-Kampagne von 1944-45 in Europa verloren. Vor Ort wurden jedoch keine größeren Ziele erreicht"

Vogler freute sich hier ein warmes Café zu finden und etwas zu Essen zu bekommen. Und noch ein Glück. Er erreichte mit der Nachmittags-fähre New Heaven.

England und London

In diesem kleinen, überschaubaren Fischerort, wollte er nächtigen. Eine Privatherberge hatte er schon gebucht. Zum ersten Mal schaute er auf sein Navi. Links sollte er in die Stadt hineinfah-ren, dann den Hügel hinauf, dann rechts abzweigen und nach 300 m wieder bergab. Dann rechts abbiegen. Er wurde wahnsinnig. Übermüdet. Und das Navi, das ihn schon das dritte Mal im Kreis herumschickte. Schließlich fuhr er aus dem Dorf hinaus, sah Licht in einem Restaurant. Er klopfte bei der Hochzeitsgesellschaft an, man war gut gelaunt und schickte ihn auf den richtigen Weg.

Am nächsten Morgen, nach einem kargen englischen Frühstück folgte er den Angaben seines Radreiseführers und fuhr auf kleinen Wegen die Küste entlang. Er erwartete einen romantischen Weg mit herrlichen Aussichten auf die Kalksandklippen. Leider verlief der Weg im Sande. Ohne Vorwarnung teilte er sich in viele kleine Pfade, und keiner war als Radwanderweg erkennbar. Vogler schob sein Rad weiter. Er stand mutterselenallein auf einem Plateau voller Gestrüpp, ohne markanten Orientierungspunkt und an der senkrechten vor ihm liegenden Felswand würde es sicher nicht weiter gehen.

Nachdem er eine Weile ratlos um sich geschaut hatte, stellte er fest, dass er keineswegs allein war. Im Umkreis von 500 m standen drei Männer, alle in unauffälligen grünen Umhängen, bewaffnet mit einem Fernglas und schauten. Wohin, das war für Vogler nicht ersichtlich. Sie schwiegen. Sie riefen sich nichts zu. Sie waren starr wie Statuen. Ab und zu bewegte sich jedoch ein Arm um ein paar Grad.

Wäre dies ein Krimi, würde er auf den Verfassungsschutz tippen. Als er sich auf drei Meter genähert hatte, bewegte sich die Gestalt. Trotz der Störung schaute der Mann freundlich unter seiner Kapuze hervor. Er zeigte nach Osten und erklärte, dort werde er den Hauptweg wieder finden. Vogler bedankte sich erleichtert und stellte fest, dass der Mann zu einer typisch englische Gruppe von Menschen gehört, die nach Vögeln Ausschau halten. Ein Birdwatcher. So etwas wie deutsche Angler.

Am Abend erreichte er eine hübsche Stadt mit einem Oxfam-Laden, so etwas kannte er noch nicht, kleinen Einkaufsarkaden und einer ungewöhnlichen Unterkunft. Die alte Dame vermietete ihr Schlafzimmer, das Zimmer einer fröstelnden 80-jährigen Witwe mit einem Bett mit dicken Daunenkissen und Nippes rund um den nicht aktiven Kamin. Hier schlief er herrlich und die Dame verwöhnte ihn mit einem-für England-reichhaltigen Frühstück.

Das Radnetz in England ist dank eines aktiven und mitgliederstarken Radlerverbandes in hervorragendem Zustand. Wie in Frankreich oft auf ehemaligen Bahngleisen, aber auch parallel zu Wanderwegen unter hohen Pappeln. Martin kam gut voran.

Als er sich der Stadtgrenze von London näherte, befiel ihn jedoch die Angst vor den vielen kleinen Straßen, dem unzuverlässige Navi und überhaupt. Er betrat eine Straßenbahn, die großzügig mit Radständern ausgestattet war. Wie es seine englischen Radkollegen empfohlen hatten. Innerhalb einer halben Stunde war er für wenig Geld im Zentrum Großbritanniens.

Ein Radweg in London war so breit wie die Schloßgartenstraße in Ettlingen. Er kam sich vor wie bei einem Radrennen. preschte durch den Hyde-Park, suchte den Blick auf Big Ben. Bald wurde ihm klar, dass dies zwar eine der Traumstädte seiner Jugend war, dass ihn aber heute nichts mehr zum Nationalmuseum, zum Flohmarkt, zur Tate Gallery oder gar zum London Eye zog, das es damals noch nicht gab.

Was ihm an dieser Reise Spaß machte, war die Bewegung in der frischen Luft, die kleinen Überraschungen am Wegesrand, die Begegnungen in kleinen Kneipen, das Gezwitscher der Vögel. Eine Großstadt mit ihren vielen kulturellen Möglichkeiten war nicht sein Traum. Er genoss noch eine Weile die von Autos und Bussen ungestörte Fahrt auf den Fahrradstraßen. Bog hier und da in eine kleinere Straße ein und bewunderte die Pubs und kleinen Parks.

Der Glaspalast

Plötzlich stand er vor einem gewaltigen Glaspalast. Ein Verwaltungsgebäude, eine High-Tec-Firma? „Faculty of Medicine, Imperial College London" las er. Überrascht dachte Vogler nach. Hier also fanden tausende von Impfstofftests eines Pharmakonzerns statt. Neugierig verschloss er sein wichtigstes Utensil mit seinem 10-er Schloss. Er betrat das Foyer und fragte sich nach der Forschungsabteilung durch.

Eine Katharina Pollock leitete die Forschungen. Er erkannte sie sofort. Sie war eine, für ihre wichtige Funktion, noch junge, bildhübsche Frau in den Dreißigern, mit brünetten Haaren, die sie zu einem Pferdeschwanz gebunden hatte. Sicher ein Vorzeigegesicht für diese Abteilung. Er wagte nicht, die ständig im Gespräch verwickelte Frau anzusprechen. Die „Chief Investigator"-Frau verschwand um die Ecke, und er folgte ihr, ohne dass ihn jemand aufhielt.

Junge Männer mit weiten weißen Kitteln und ebenso jungen Frauen mit schwarzer Haut und ebenso schwarzem Kopftuch schwirrten zwischen den Zimmern hin und her. Auf dem Flur waren mehrere Sitze auf einer Seite angebracht. Vogler setzte sich, erschöpft. Nach einer Viertelstunde erschien ein älterer Mann und fragte nach seine Personalien.

Martin Vogler, Ettlingen.

„Oh my goodness. Where is this, Sir. I mean, are you German".

"So it's an honor to me, receiving you in our Case Study Center."

"Sorry, Case study, what's that?"

"Oh you seem not to know. This is the place, where we test our new vaccine. If you want to participate, we offer you 50 Pounds. Is this correct for you?"

Vogler war zu überrascht, um nein zu sagen. Der Mann war zu freundlich, die Studienleiterin zu hübsch, das Krankenhaus zu vertrauenserweckend.

Und so bekam Vogler eine Covid19-Schutzimpfung.

Der Rest der Reise ist schnell erzählt. Glücklicherweise hatte Vogler nach der Impfung außer leichtem Kopfweh keine Beschwerden. Auf der Rückreise kaufte er sich auf der Fähre ein Ginger-Ale zum Schlafen während der Überfahrt. Er übernachtete noch einmal in Serqueux, durchquerte den Nationalpark „Vexin francais" und fand sein Auto in sicherer Obhut des Hoteliers.

Martin Vogler vergaß, der Klinik in London eine Rückmeldung über sein Befinden zu geben.

Frau Klein kennt sich bei Krimis aus

Es kommen sicher Hunderte von Kunden zu Edeka, aber als Leyla Dimiglu vom Tee Regal zu den Kühlwaren überwechselte, traf sie auf Gerda Klein.

„Heute schon den Nachmittagskaffe getrunken?" fragte Gerda.

„Ja. Aber wir trinken lieber Chai. Ist ja auch gesünder für den Magen".

„Da hast du Recht. Normalerweise kaufe ich nicht nach 16 Uhr, da ist alles voller Feierabend-Leute. Weißt du etwas Neues von dem Toten?"

„Angeblich ist ein Medikament in seinem Blut gewesen. So ein verschreibungspflichtiges. Kriegt nicht jeder."

„Und wenn er getötet worden ist? Aber wie kommt das in sein Blut?"

„Mit einer Spritze. Aber kann man jemand eine Spritze geben und er merkt nichts? Und wer kann so was? Und wer hat einen Grund dazu?"

„Du schaust oft Krimis. Stimmt's?" fragte Leyla.

„Da stimmt. Aber es schadet nicht, wenn man sich auskennt, oder?"

Olga spricht mit ihrem Mann

Erwin war gerade dabei, sich sein Frühstücksei aufzuschlagen. Seine Olga trat neben ihn und hielt ihm das Wochenmagazin vor die Nase.

„Hast du das gelesen?"

„Sowas lese ich nicht. Nur die BNN. Das ist doch nur ein Anzeigenblatt."

„Solltest du aber. Irgendwie schreiben die über dich. Na ja, nicht direkt. Aber es geht um heimliches Testen von Medikamenten, um überzogene Rechnungen, Corona-Tests, Zusammenarbeit mit Patienten."

„Und was geht mich das an?" fragte Erwin.

"Typische Effekthascherei der Presse. Irgendein Aufreger findet sich immer."

„Aber das sind doch Sachen, die du tatsächlich manchmal machst, oder? Hast du mir nicht neulich erzählt, dass du einen Patienten, an dem du tausende von Euros verdient hast, in die Hammerschmiede zum Essen eingeladen hast?".

„Na und? Wir sind gute Freunde".

„Ist ja gut, Schatz, aber du musst aufpassen. Dieser Reporter ist ein Stänkerer. Der bohrt so lange, bis er etwas findet. Es geht ja um uns beide, oder?

„Du hast Recht, Liebling, ich werde vorsichtiger sein. Wie heißt eigentlich der Reporter?"

„Martin Vogler. Kennst du den?"

„Und ob ich den kenne. Ein übler Bursche. War mal mein Patient. Ich bin froh, dass der nicht mehr zu mir kommt".

„Na, dann ist ja alles in Ordnung", beruhigte ihn Olga lächelnd.

Hand in Hand mit Alischa

Seit er die fiebernde Alischa mit seiner Hand berührt hatte, war Weinlaub nicht mehr zur Ruhe gekommen. Öfter als üblich rief er sie in sein Sprechzimmer, wenn er Hilfe benötigte. Wenn sie das Zimmer betrat, war ihm, als würden die Lampen gedimmt und ein verzaubertes Lächeln erschien auf seinem Gesicht.

„Alischa, können Sie mit anpacken. Der Patient ist schwer und muss auf die Liege."

Hinter und unter dem Patienten ergriffen sie ihre Hände und hievten ihn sanft auf das Polster. Ihre Köpfe kamen sich erschreckend nahe und

beide wurden rot. Schnell versuchte Dr. Weinlaub abzulenken.

„Könnten Sie mir eine elastische Binde her-
überreichen? Ich zeige Ihnen, wie sie einen perfekten Verband anlegen können."

Bald mussten sie aufpassen, dass Frau Klein
oder Gesine Felder nicht überraschend ins Zimmer kamen. Sie mussten sich außerhalb treffen,
das war klar.

Im Kräutergarten

Am Mittwochabend war Weinlaubs Treffen
mit den anderen Lions im Erbprinz. Er verabschiedete sich bereits um halb zehn und schlenderte im Rosengarten umher. Als er ein leichtes
Knistern des Kieses hörte, trat er durch die Pforte
des Kräutergartens. Der Mond warf ein silbriges
Licht auf Basilikum, Salbei und Pfefferminz. Er
versuchte, flach zu atmen, aber es gelang ihm
nicht. Er spürte ihren Atem im Nacken.

Vorsichtig drehte er sich um. „Du, du". Er
konnte kaum sprechen. Diese junge Frau war
einfach bezaubernd. Sie nahm ihn an die Hand
und führte ihn auf eine weiße Bank.

„Sag nichts". Sie legte ihren Kopf an seinen
Mantelkragen. Es geschah wie in einem Traum,
als sich ihre Münder fanden. Sie wollte ihm vieles

von sich erzählen und über Dinge, von denen er nichts wusste

„Kennst du diese Pflanze da?", fragte sie

„Keine Ahnung".

Alischa erklärte ihm die Pharmakologie der Nana Minze, die Wirkung von unterschiedlichen Dosen von Baldrian, die alternative Heilpflanze für Herzschwäche, den Weißdorn. Sie wollte ihm so viel über ihr Interessengebiet mitteilen.

„Siehst du, Herr Doktor, die Rosen da drüben. Die sind nicht nur schön. Es ist auch ihr Duft, der uns im Unterbewusstsein berührt".

„So wie dein Duft, Alischa", erkärte Erwin.

„Mein Duft?".

„Ja, der Geruch deiner Haut ist für mich so anziehend." Er schob seine Nase in den Ausschnitt ihrer Bluse. „Hier".

„Das hat mir noch niemand gesagt."

„Ich kann dir noch ganz andere Sachen sagen", sagte er, bevor sie sich wieder küssten.

Während sie zum Mond hochschauten, bemerkten die Verliebten nicht, dass hinter der Steinmauer Peter Schorf gerade eine Flasche leise vom Boden aufhob. Er hatte den Vornamen eines Doktors gehört und den Namen Alischa. Vielleicht war das eine wichtige Information. Wer weiß.

La Casa Rubio

Er schritt, so gut er konnte, zum Tisch des jungen Mannes, der damit beschäftigt war, seine Handyinhalte zu entziffern, während das Gerät aus einem Kabel an der Wand neue Kraft aufsog.

Seine Schritte waren noch nichtwankend, obwohl er schon zwei Veterano, spanische Cognacs, getrunken hatte. Er begann das Gespräch, mit lauter Stimme. Seine Augen leuchteten vergrößert durch Sehstärke vier durch die Gläser seine Brille. Seine Hose war schwarz, sein Jackett aus beigem Cord etwas verlebt, wie die ganze Person. Er trug einen grauen Zopf auf dem Rücken, was ein Hinweis auf die Hippie-Generation sein konnte, Vielleicht war er 60, vielleicht auch 40 Jahre.

Das rote Gesicht konnte wettergegerbt oder von Alkohol stark durchblutet sein. Er deutete auf sein Handy.

„Hast du das gelesen mit Kindern. Mit dem Testen. Was das mit denen macht? Wie das für die Lehrer ist?"

Seine abgehackten Sätze schienen aus drei bis sechs Wörtern zu bestehen. Die Antworten des jungen Mannes, der mit Jeans, blauer Windjacke bekleidet war und eine ähnlich Gesichtsfarbe hatte, waren es auch.

„Ja, die Kinder. Immer die Schwächsten. Diese Testerei. Und die Lehrer wissen nicht, was sie tun sollen."

„Immer das Gleiche. Große Worte. Vorschriften. Keiner blickt's mehr".

„Haste ne Kippe?"

„Nimm sie dir raus."

Vogler ließ seinen Blick durch die spanische Tapas-Bar schweifen. Bauchige Trinkflaschen an den Wänden, Fotos ehemaliger Chansoniers, gewaltige Schinkenkeulen an der Decke über den Tresen und die Vitrine voller Tapas. Er wählte Speck mit Kartoffeln und etwas, das sich als Nieren, statt, wie erwartet, als Zucchini herausstellte. Beide Gerichte waren köstlich scharf gewürzt und wurden heiß serviert. Martin bestellte dazu einen Vino tinto. Soviel Spanisch musste sein.

Während er genussvoll aß und trank, beobachtete er die Männer, die sich an den Tischen unterhielten, als wären sie alte Freunde. Hier wird jeder Mensch wahrgenommen, kann jeder mit jedem sprechen. Diese Atmosphäre füllte die ganze Kneipe aus. Man kann es sogar riechen. Vogler griff nach seinem Gin Tonic, dem einzigen alkoholischen Getränk, das er vertragen kann. Liegt das an der Zitrone? Egal.

Er kam ins Sinnieren. Gibt es einen Sinn in seinem Leben? Oder zumindest einen Antrieb, einen Wunsch, der ihn immer beseelt hatte? Beseelt - wo kam dieses alte Wort her?

Wenn es etwas gibt, was ihn immer vorwärts getrieben hatte, so war es sein Trotz. Er musste immer trotzen, so lange er lebte.

Er hatte seiner Mutter getrotzt, die ihm mit der flachen Hand den Po versohlte, weil er angeblich etwas gestohlen hatte. Er war von dem sadistischen Grundschullehrer in der Thiebauthschule ins Gesicht geschlagen worden, im Gymnasium machte sich der Mathelehrer über ihn lustig, im Schulfußball war er nur als Eckballfähnchen zu gebrauchen, er trotzte sich über die mittlere Reife hinweg, bis er kurz vor dem Rauswurf stand. Er trotzte dem Deutsch- und Geschichtslehrer, der ihn für eine Flasche hielt und immer eine vier gab, gleichgültig, was er ablieferte. Und er trotzte dem Tod, der mehrmals versucht hatte, in auf die Schippe zu nehmen.

Aus Trotz wurde er Mitglied eines Volleyballvereins, aus Trotz studierte er ausgerechnet Deutsch und Politik, aus Trotz promovierte er. Aber nun, da er keine Vorgesetzten mehr hatte, keine Frau hatte, die ihn liebte, jetzt, da er Rente bekam ohne nachdenken zu müssen, worauf sollte er nun seinen Trotz richten?

Obwohl der Wirt, ein echter Spanier, geduldig erklärt hatte, dass zwei Gerichte eindeutig zu viel für ihn seien, bestellte er trotzig genau das. Am Ende musste er die Hälfte zurück gehen lassen. Nur den Wein kippte er hinunter. Im Spiegel über dem Waschbecken sah er seine Stirn. Seine Trotzfalten würde er wohl nie loswerden. Martin lächelte.

Der Sturm

„Sei ganz entspannt, Alischa. Uns kann nichts passieren." Aber ihm war auch nicht wohl.

Bei leichtem Nieselregen waren sie losgefahren. Plötzlich setzte ein heftiger Regen ein, peitschte von allen Seiten auf die Karosserie ein, verwandelte die Frontscheibe in eine undurchschaubare milchige Fläche. Sturzbäche rannen am Heck herunter. Das Auto schob sich nur noch im Schneckentempo voran.

Auf einmal rückten die grünen Büsche von der Seite näher heran, streiften heftig gegen die Fenster.

Alischa schrie auf: „Die Fenster! Hoffentlich halten die durch".

Der Schreck war ihr ins Gesicht geschrieben

Wie eine Walze – eine grüne Walze? – rauschte das Unwetter über sie hinweg.

Sie drückte sich ängstlich an ihn, und er hielt sie mit beiden Armen beschützend an seinen Körper fest.

So plötzlich wie er gekommen war, verschwand der peitschende Guss über ihnen. Ein leichter Wind erhob sich.

Dann rollte Erwins Porsche aus der Waschanlage hinaus.

Das Weiße Haus am Robberg

Am Hundezüchterverein vorbei windet sich ein Pfad auf den Robberg hinauf. Aus dem jungen Gehölz ist noch kein richtiger Wald geworden, so dass man freie Sicht ins Albtal hat. Erwin legte den Arm um Alischa und deutete auf das quadratische Gebäude, das fasst die gesamte Breite des Tals ausmachte.

„Weist du, was das ist?"

„Nein, ich bin das erste Mal hier oben. Meine Eltern sind früher immer am Rhein entlang spaziert. In Rappenwörth oder am Fermasee. Ist es etwas Wichtiges?"

„Ja. Das ist die Spinnerei und davor die Weberei. Das gab es schon in meiner Kindheit. Wichtige Industrie. Viele Arbeitsplätze. Vor ein paar Jahren hat die Spinnerei gebrannt. Die Feuerwehr war tagelang im Einsatz. Die Rauchwolken hingen noch lange im Tal. Später, als die Spinnerei wieder aufgebaut war, war der Betrieb wieder konkurrenzfähig. Und da unten gab es einmal ein großes Call-Center. Und die grauen doppelstöckigen Häuser, die wurden für Asylanten gebaut. Aber lass uns noch weiter nach oben steigen, da gibt es schönere Dinge zu sehen".

Sie erreichten den Querweg und bogen Richtung Westen.

„Das ist das Weiße Haus. Habt ihr in der Schule etwas von Goethe gelesen?"

Alischa verneinte.

„Goethe war ein Dichter aus dem 18 Jahrhundert. So ein ganz wichtiger. Er hatte eine Freundin, dort drüben im Elsaß."

Er deutete zum Horizont.

„In Sesenheim, da hat er einige Liebesgedichte geschrieben. Und, stell dir vor, er hat geschrieben, bei schönem Wetter könne er das Weiße Haus in Ettlingen sehen. Also aus 70-80 km Entfernung. Dieses Häuschen hier!"

„Liebesgedichte - Und kennst du eins?" fragte Alischa.

„Muss ich das gleich aufsagen?".

„Heute, am 19. Juli, 15:15 Uhr. Sofort!" forderte sie.

„Also gut: *Ein Blick von deinen Augen in die meinen, ein Kuss von deinem Mund auf meinem Munde, wer davon hat, wie ich, gewisse Kunde, mag dem was andres wohl erfreulich scheinen?*"

„Oh, das gefällt mir!"

Sie küsste ihn auf die Wange.

„Ja, Goethe wusste, wovon der sprach"

Sie liefen weiter auf dem Panoramaweg der sich durch Weingärten, Steinmauern und Schrebergärten schlängelte. Überall wurden die steil angelegten Treppen erneuert, saßen Leute vor

186

ihren selbstgebauten Gartenhütten. Da und dort wurde gegrillt.

„Die große Kirche da unten in der Stadt ist eigentlich die unwichtigste, obwohl sie den höchsten Turm hat. Die Herz Jesu Kirche sieht mittelalterlich aus, ist aber ein neoromanischer Nachbau aus dem Ende des 19. Jahrhunderts. Heute sagt man Fake dazu. Viel älter und wichtiger ist die Martinskirche, an der Alb, neben dem Rathaus. Und dort, am Horbachpark ist deine alte Schule."

Alischa unterbrach ihn: „Jetzt ist mir auch ein Gedicht eingefallen, ich glaube, das ist sogar von Goethe:

Ich ging im Walde So für mich hin,
Und nichts zu suchen Das war mein Sinn.
Im Schatten sah ich Ein Blümchen steh'n,
Wie Sterne leuchtend, Wie Äuglein schön.
Ich wollt' es brechen, Da sagt' es fein:
"Soll ich zum Welken Gebrochen sein?"
Ich grub's mit allen den Würzlein aus,
Zum Garten trug ich's am hübschen Haus.
Und pflanzt' es wieder am stillen Ort,
Nun zweigt es immer Und blüht so fort."

„Ein schönes Gedicht, über die Natur."

„Ja, deshalb hat es mir so gut gefallen, dass ich es auswendig gelernt habe. Weißt du, ich setze mich für die Natur ein. Mit Greenpeace."

„Oh, hoffentlich machst du da keine gefährlichen Aktionen mit."

„Ach, das erzähle ich dir ein anderes Mal. Du brauchst ja nicht gleich alles über mich zu wissen, Liebling."

Eigentlich mochte Erwin dieses Wort nicht. Irgendwie abgedroschen. Aber aus Alischas Mund klang alles... Ihm viel kein passendes Wort ein.

Die rote Badehose- ein Monolog

„Sehen Sie da drüben, den Mann mit der roten Badehose auf dem Dreimeterbrett. Schauen Sie genau hin. Er ist über 70 Jahre alt, kein Gramm Fett, 70 kg reine Muskelmasse, sonnengebräunt, gestählt. Seine Haare, voll, weiß, gewellt. Wenn Sie mich fragen, was ein moderner Turnvater Jahn ist, dann sehe ich genau ihn vor mir."

Der Mann federt mehrmals auf dem Brett, bevor er einen perfekten Salto vorführt.

„Ich will mich nicht aufdrängen, aber dieser Mann, er heißt übrigens Karthy, war mein Sportlehrer beim ASV Ettlingen. Er stand immer aufrecht neben dem Reck, und wenn ich die Beine beim Felgumschwung nicht gerade hielt, gab es einen Klaps auf das Bein. Bodenturnen, Kasten, Pferd, das ganze Programm. Dank seines Trainings habe ich meine drei in Sport halten können."

Martin Vogler erzählt weiter:

„Karthy hat es wirklich gegeben. Er war der freundlichste Lehrer, einer der einen im Schwimmbad auch nach zehn Jahren noch mit Namen ansprach und mit Handschlag begrüßte. Dazu sein Lächeln über die ganze Breite seines Gesichts - unvergesslich. Im Turnverein, ich weiß nicht, ob es den heute noch gibt. Heute kann man beim ESV außer Fußball noch Aikido lernen, Stretching, Trampolin oder Kindergymnastik. Der Bewegungsmangel ist ja nicht weniger geworden. Aber die Vereine haben Geldmangel. Wenn da die Stadt nicht zuschießt."

Anscheinend hat Vogler ein ausgeprägtes Mitteilungsbedürfnis.

„Sie dürfen nicht glauben, dass ich einfach jeden so anspreche."

Als ob er diesen Gedanken erraten hätte

„Sehen Sie, es ist einfach so, dass die Vergangenheit mit mir verschwindet. So viele Erinnerungen bleiben ungeteilt, die Eltern zeigen viel zu wenig ihre Fotoalben. Oder gehören Sie zu der

Altersgruppe, die Power-Point-Präsentationen vorführt? Ist ja auch OK."

Vogler sah nicht aus wie dieser Herr Karthy, eher schlaksig mit einem Hang zum Bierbauch.

„Wie gefällt Ihnen übrigens unser neues Freibad?", wechselte er das Thema.

„Hierher kommen die Leute aus Karlsruhe, Pforzheim, Rastatt, na alle, die kleine Kinder haben. Hier ist es einfach toll, die Spielwiesen, der Volleyballplatz, der Bolzplatz, das Planschbecken, die Rutschen, der Kleinkindbereich, das Schwimmbecken. Ich komme meistens morgens und drehe meine Runden. Am Wochenende ist mir zu viel los.

Apropos, ich halte Sie auf und für mich wird es Zeit, nach Hause zu gehen und meinen Mittagsschlaf einzulegen. Gegessen habe ich vorhin schon am Imbiss-Stand: Fisch mit Fritten und Majo. Kann ich nur empfehlen. Einen schönen Tag noch!"

Olga sucht ihren Mann

Gerda Klein war weiß Gott genug beschäftigt, die vielen Sorgen der Testpersonen zu zerstreuen, Zettel auf die Röhrchen zu kleben, in Kabine A die Leute vom Kotzen abzuhalten, wenn sie ihnen das Stäbchen in den Hals schob. Alischa klopfte die Daten in den PC und Gesine war für Kabine B zuständig.

Auf Alischas provisorischem Schreibtisch verwirbelte ein Ventilator die Hitze. Morgens um zehn Uhr wischten sie sich schon den Schweiß von der Stirn.

Und jetzt rief Frau Weinlaub bereits zum zweiten Mal an. Wieder wollte sie dringend ihren Mann sprechen. Hatte so etwas nicht Zeit bis zum Feierabend? „Dumme Kuh", nuschelte Gerda in ihren nicht vorhandenen Bart. Was sollte das, so etwas hatte sie noch nie gemacht. Ob das etwas mit Alischa zu tun hatte? In letzter Zeit war die Junge so häufig im Sprechzimmer mit dem Chef zusammen. Gerda hatte ihre Mutter schon angesprochen, aber die wusste von nichts. Sodom und Gomorrha in Ettlingen West. Sie wies den Gedanken von sich.

Wo ist Steiner?

Zeugen werden gebeten, sich beim Polizeirevier Ettlingen zu melden. Immer wieder sind Trickbetrüger, Einbrecher und Fahrer-flüchtige schon weg, bevor die Polizei eintrifft. Kein Wunder bei der Notbesetzung des Reviers in Ettlingen. Alles wurde zentralisiert. Und jetzt diese Schlagzeile:

„Mordverdacht im Fall der Wasserleiche im Sulzbacher Baggersee."

Vor ein paar Tagen hatte die Presse Wind davon bekommen, dass es eine Nadelstichverletzung bei Martin Vogler gegeben hatte.

Polizeihauptwachtmeister Rind war nicht besonders optimistisch.

„Wer soll sich denn melden, wenn schon niemand einen Ertrinkenden bemerkt!". Er musste seinen Frust seinem Assistenten Ralf Meier mitteilen.

„Einige besorgte Bürger haben angerufen, um zu fragen, ob Vogler womöglich ein Junkie gewesen sein.", berichtete Ralf Meier

„Immer diese Hobbykriminologen. Die machen uns die Arbeit auch nicht leichter."

Rind griff zur Kaffeetasse.

„Und was macht die Sache mit der Fahrerflucht?"

„Wir haben einen Hinweis auf einen roten Sportwagen mit Stuttgarter Nummer, der den VW an der Durlacher Straße gestreift haben soll. Ich habe schon nachgeschaut. Es gibt zweitausend rote Sportwagen in Stuttgart. Wenig Chancen."

Kurz kam ein Anruf: „Hier ist Kerstin Greiner. Wisst ihr, wo Steiner steckt?"

„Unser oberster Chef ist bei einer Sondersitzung in Karlsruhe", antwortete Rind.

Steiners Assistentin sprach weiter: „Ich habe hier einen Anruf. Anonym. Eine Frauenstimme. Sie behauptet, Vogler sei ein ehemaliger Patient eines Ettlinger Arztes. Die beiden seien vor ein paar Jahren im Streit auseinander gegangen. Soweit so unklar.

Aber vor kurzem habe ich einen Artikel von Vogler im Wochenblatt gelesen. Da hat er über Betrug in Arztpraxen berichtet. Über heimliche Medikamententests, Kungeleien mit Patienten, frisierte Abrechnungen mit der Kasse. Ziemlich krass, aber ohne einen Namen zu nennen. Aber ohne unseren Chef komme ich jetzt nicht weiter."

„Hast du die Nummer der anonymen Anruferin?" fragte Rind.

„Fehlanzeige. Prepaid Handy."

Ralf Meier schaltete sich in das Gespräch ein.

„Ich habe etwas Ähnliches erfahren, aber Herr Steiner hat das wohl nicht ernst genommen, als ich es ihm erzählt habe."

„Wann war das?", fragte Rind nach.

„Etwa vor einer Woche"

Er sprach ins Telefon:

„Das sind zwei Hinweise für euch. Nicht schlecht. Wir kümmern uns um die Fahrerflucht. Morde sind eure Baustelle. Apropos Steiner. Ruf' doch im Polizeipräsidium in Karlsruhe an. Vielleicht ist der Chef noch dort."

Das Alibi

Inspektor Steiner begrüßte Dr. med. Erwin Weinlaub mit Handschlag.

„Nehmen Sie Platz, Herr Doktor."

Weinlaub sah übernächtigt aus und hatte Sorgenfalten auf der Stirn.

„Sie brauchen sich keine Sorgen zu machen. Das ist kein Verhör. Ich habe Sie als Zeuge vorgeladen. Sie kannten Martin Vogler?"

„Ja, er war vor Jahren mein Patient."

Weinlaub dachte kurz nach. Er entschloss sich, gleich auszupacken. Schließlich gab es nichts zu verheimlichen.

„Er war ein Querulant. Er behauptete, ich hätte seine Rechnung frisiert und beschwerte sich bei der Krankenkasse. Aber dort gab es keine Bedenken. Seither habe ich ihn nicht mehr gesehen."

„Wirklich nie mehr? Er ist doch immer in Ettlingen unterwegs gewesen".

Weinlaub erinnerte sich.

„Doch. Vor ein paar Monaten im Birdland. Hier gegenüber. Er hat mich merkwürdig angesehen, aber nicht mit mir gesprochen. Obwohl er mich sicher auch erkannt hat."

„Und sonst?"

„Nein, ich habe ihn nie mehr gesehen. Wie kommen Sie eigentlich auf mich?"

„Wir haben einen Hinweis bekommen. Außerdem wissen wir, dass Vogler einen gehässigen Artikel geschrieben hat über die zweifelhaften Einnahmequellen von Ärzten."

„Ja, den habe ich gelesen. Sehr ärgerlich."

„Wir suchen ein Mordmotiv" verriet Steiner.

„Wieso Mord? Ich denke, das war ein Selbstmord!" Schweiß trat auf seine Stirn.

„Er hatte eine kleine Wunde, vermutlich von einem Spritzeneinstich Und spritzen tun doch Ärzte, oder? Da müssen wir uns natürlich fragen…"

„Ich bin ein angesehener Arzt und brauche auf unqualifizierte Vermutungen nicht zu reagieren", unterbrach ihn Weinlaub verärgert.

„Was hat Vogler Ihnen denn vorgeworfen?

„Er meint, ich hätte von einer Pharmafirma Geld genommen und zu viel von deren Produkten verschrieben."

„Aha. Herr Doktor Weinlaub, sagen Sie, was verstehen Sie persönlich unter Kungelei mit Patienten?" fragte Inspektor Steiner.

„Verzeihung, aber das gehört doch nicht hierher." Weinlaub war verärgert.

„Es interessiert mich persönlich."

„Nun...", Weinlaub überlegte, wie er den Begriff am besten umschreiben sollte.

„Sie können sich sicher vorstellen, dass man manche Patienten mehr und andere weniger sympathisch findet. Und mit der Zeit stellt sich dann vielleicht eine Art Freundschaft ein, besonders wenn ein Patient regelmäßig in die Praxis kommt. Manchmal geht das über Jahre."

„Also chronische Patienten", flocht Steiner ein.

„Ja, natürlich. Und da habe ich einmal einen armen Patienten zu einem Essen eingeladen."

„Ach so, in die Pizzeria „Belle Monte?"

„Nein, in die Hammerschiede. Sie kennen das Gourmet-Restaurant sicher."

„Das habe ich mir bisher nie leisten können. Vielleicht sollte ich bei Ihnen Patient werden. Oder, lieber doch nicht. Es geht nichts über eine robuste Gesundheit."

„Genau: mens sana in corpore sano."

Weinlaub verabschiedete sich mit dem Spruch: „Zeit ist Geld"

„So sehe ich das auch", erwiderte Steiner.

„Nur noch eine Frage: Wo waren Sie am 19. Juli? Nachmittags 14 und 18 Uhr? Das war ein Mittwoch".

„Sie sind aber hartnäckig. Lassen Sie mich kurz nachdenken. … Genau, da war ich am Robberg spazieren."

„Vier Stunden?", fragte Steiner nach.

„Ja, ich bin mir ganz sicher!"

„Gibt es dafür Zeugen?"

„Ja sicher habe ich eine Zeugin."

Die AfD lädt in die Stadthalle ein

Ettlingen ist ein durch und durch bürgerliches Pflaster. Früher hat die CDU alte Leute mit dem Auto zur Abgabe ihrer Stimme ins Wahllokal kutschiert. Aber das ist heute nicht mehr nötig. Die Gegend gehört zu den reichsten Gebieten Deutschlands und wer vermögend ist, ist normalerweise nicht kriminell oder gar umstürzlerisch.

Trotzdem versuchte 2020 die AfD–Alternative für Deutschland- in diesem schönen Ort eine Veranstaltung in der Stadthalle durchzuführen. Die Referenten, zwei Bundestagsabgeordnete, kamen in ihren dicken schwarzen BMWs. Sie wurden postwendend an den Hintereingang umgeleitet, denn vor der Halle patrouillierten die Polizisten. Zweihundert Demonstranten aus Kirche, Gewerkschaft, CDU, SPD und Antifa hatten sich dahinter versammelt und bildeten eine Gasse. Eine Gasse, durch die jeder AfD-Interessent zum Eingang gehen musste.

Sprechchöre vermiesten vielen den Eintritt, einige versuchten ihren Ärger zu überspielen. Richy war der erste Besucher, der die Halle betrat. Endlich war er wieder Teil einer Gemeinschaft. In einer Partei, die jedem etwas bieten konnte:

Gegen Dieseldiskreditierung, gegen Windkrafträder, gegen Klimaschutz, gegen Mindestlöhne, gegen öffentlich-rechtlichen Rundfunk und Fernsehen, gegen Asylanten, gegen Mieterhöhungen. Wenn man eine Partei suchte, die gegen alles war, war diese die erste Wahl.

Hitler war auch gegen alles gewesen. Nur hatte er auch gewusst, wie man das finanziert: Durch Ausbeutung von Arbeitern und Zwangsarbeitern, durch die Ausplünderung besetzter Gebiete und durch Fluchtsteuer, später Ermordung der Juden und Einzug deren Vermögens und durch Ausstellen ungedeckter Schecks.

Richy wusste davon nichts. Man muss nicht alles wissen. Das sollen die Großköpfigen tun, war seine Devise.

Mundart III: Fies bade oder Kneipp

De Kneipp war nach'm Bismarck im letschde Jahrhunnerd de bekanndeschde Deitsche in Amerika. Also so ähnlich wie heit de Beckebauer un de Hidler die bekanndeschde Deitsche in de arabische Welt sinn. Un Donald Trump un Helmut Kohl die bekanndeschde Pfälzer in Europa sinn. Sage mer mol so. Bekannd isch jo net immer beliebt. Also de Kneipp war a net so beliebt. Au wenn er hunnerde von Mensche mit seiner Kur gehailt hat, sogar de damalige Pabscht. Aber bei de Ärzt war er verschriee. Des kann mer sich vorschdelle, wenn oiner nur mit Wasser behandelt, schdatt mit Aderlass un komische Wässerle.

Des hat doch gar nix mit Ettlinge zu du, wersch sage. Ja un nei. Ettlinge isch nadierlich net Bad Wörishofe. Aber de Leit in Ettlinge ischs in de Corona-Zeit net so gut gange und sie hen jo au net reise derfe. Un do sinn se uff a schlaue Idee komme: Wenn mer net nach Wörishofe därf, hole mer uns des nach Ettlinge. Mer hen g'sucht un was hemmer g'funne: Die Horbachquell. Des isch zwar oigendlich kei Quell, sondern Wasser von de Alb, aber des macht nix, hauptsach saukalt. I heb des vor a paar Woche endeckt, heb I denkt. Un do kommt mer en Nachbar mit seim Hund entgege und moint:

„Geh'n se au d'Fiis bade?"

Des war klever g'sagt. Wenn scho de Kneipp so von de Audoridäde g'nervt worre isch, wolle mir Ettlinger net au so was riskieren. Desdwäg sage mer net „Kneippkur", sonnern „Fiis bade". Der Begriff isch net g'schützt.

Alla bin I mid meim rode Handdurch weider gwannerd, heb mei Schu auszoge und bin in dem herrlich kalde Wasser im Kreis rumgedrebbelt. Erscht vorsichtig, dann heb I a noch mei Knie un au noch die Unnerarm neig'halde. Herrlich. Vor allem wenn's vorbei isch un ich widder drauß bin.

De Sebastian Kneipp hat domols angeblich sei Tuberkulose mit dene eiskalde Bäder in de Donau g'hailt. Wer weiß, vielleicht hilft's au, wemmer Krampfadern hat oder so was bleds wie Corona.

Nur oins,- erzähle se des bidde net weider mit dere Horbachquell. Inzwische komme jede Dag scho dutzende Leit. Wenn des mei Hausarzt, de

Dr. Semmelweiß, hert... also nur selber no gehe und ganz helinge.

Olga schäumt

„Heute Morgen habe ich einen Anruf bekommen. Eine Männerstimme. Er hat gesagt, er hätte dich abends im Kräutergarten mit einer jungen Frau gehört. Stimmt das?"

Sie fühlte sich gekränkt, immer dieses typisch männliche Verhalten, wenn die Sirenen rufen. Erwin wand sich.

„So ein Unsinn. Wann soll das gewesen sein? Ach so, am Mittwoch. Aber du weißt doch, dass ich da immer im Erbprinz bin. Das kann dir jedes Mitglied vom Lions Club bestätigen. Und wer so etwas anonym in die Welt setzt, hat sicher Dreck am Stecken".

„Wieso Dreck am Stecken?", hakte Olga nach.

„Das heißt, er ist unehrlich, ist kriminell."

Er nahm sie in den Arm, um sie zu beruhigen. In diesem Moment fühlte er sich, als würde er Alischa betrügen - mit seiner eigenen Frau. Ihm wurde schwindelig.

Olga versuchte, die Wogen zu glätten. „Entschuldigung" Sie strich ihm über das Haar. „Wie wäre es, wenn wir uns heute einen schönen

Abend machen. Der Fernseher bleibt aus und wir gehen..."

In diesem Augenblick läutete das Telefon. Olga wollte keine Störung, aber sie nahm ab.

„Nein, mein Mann ist gerade außer Haus. Aber sie können mir alles erzählen. Ich richte es ihm aus."

Sie blickte kurz zu Erwin: „Die Polizei"

Erwin versuchte in den Bauch zu atmen.

„Ja, ich verstehe. Also das Alibi meines Mannes wurde bestätigt. Es ist alles in Ordnung. Seine Arzthelferin sagt, sie ist mit ihm am Robberg gewesen und kann bezeugen, dass er nicht am FKK-Strand war. Ja, das ist ja prima."

Olgas Zynismus war nicht zu überhören.

„Ja, ihnen auch noch einen schönen Tag", flötete sie.

Wenn Blicke töten könnten, dachte Erwin Weinlaub. Er schrumpfte innerlich auf die Größe einer Kartoffel.

Siddhartha

Vogler genoss das Schwimmen im kalten Wasser. Er war daran gewöhnt, diese Frische belebte ihn. Je weiter er hinaus schwamm, desto entspannter glitt er durch das Wasser. Er kannte den

Effekt, dass sich die Wahrnehmung veränderte. Das Wasser fühlte sich nun warm an.

Seine Erinnerungen strömten am ihm vorbei. Was war in seinem Leben wichtig gewesen?

Das Lächeln seiner Frau, das Kinderlied, das er seinen Kindern gesungen hatte, die Hymne „The show must go on", von Queen ,der Strand von St. Tropez, die Wildschweine in den Bergen von Korsika, der Tanz in Poona, das „Ave Maria" von Schubert, seine akademischen Jahre, sein Auftritt im Audi Max, die Freunde vom „Trotzdem-Theater", seine frühere Freundin Elly, die chaotische Band „Grundwasser" mit seinem langjährigen Freund am Klavier...

Der erste Sprung vom 3 Meter Brett, die Nachtwanderung der Pfadfinder, das unbändige Lachen als Kind unter dem Kirschbaum. Ein Sandkasten hinter dem Elternhaus, das Klettern auf den Birnbaum, sein im Schlaf sprechender Großvater. Die Seeräuber in Spanien. ...

Alles verschwamm, verlor sich. Er war nicht mehr Vogler, kein Mensch mehr.

Er wurde zum Affen, zum kreisenden Vogel. Er schwebte über magische Welten. Er wurde zur Amphibie, dann zum Fisch, zum Wasserwesen. Wie eine Qualle löste er sich im Wasser auf, war nur noch Haut.

Er verschmolz mit etwas Größerem, die Sonnenstrahlen umfingen ihn warm, er wurde Teil der Milchstraße, der Galaxie, er verlor sich vollends, wurde ganz.

Paragrafenreiter II

Die Ettlinger stehen mit der Justiz auf bestem Fuß. Erstens hat es so wenige Streitigkeiten, dass es in dieser Stadt nur vier Anwälte gibt, davon zwei mit einer Zweigniederlassung. Der Amtsgerichtsdirektor ist eine Koryphäe, sprich Dozent. Und zweitens haben alle der Fernsehrichterin Barbara Salesch bei der Arbeit zugesehen, und Barbara stammt aus Ettlingen.

Mehr Kompetenz kann es nicht geben. Wenn also einer einen Anwalt/Anwältin einschaltet, so muss der Fall schon recht verzwickt sein. Oder die Person hasst jemanden so sehr, dass sie das braucht.

Zu diesen Personen gehört Olga Weinlaub. Was sie so erbost, ist bekannt. Als sie die Kanzlei von Dr. Strasser betritt, ist sie überrascht, einen so jugendlichen Rechtsanwalt anzutreffen mit kurzgeschnittenem Haar und vertrauenserweckenden Augen. Es ließ sie auf einem bequemen

Ledersofa Platz nehmen und offerierte ihr einen Kaffee. Sie war nicht abgeneigt.

„Mein Mann hat eine Geliebte. Ich habe es schon lange geahnt, aber jetzt ist er mit der Wahrheit herausgerückt."

„Wollen Sie ihren Mann zurück?"

„Sie sind doch Anwalt, oder? Sie sind doch kein Paarberater?"

„Nein, natürlich nicht. Aber manchmal überlegen es sich Partner noch einmal anders. Oder sie wollen eine Mediation".

„Und was ist das: eine Mediation?"

„Nun, dazu nimmt sich jeder Streitpartner einen professionellen Helfer. Zu viert setzt man sich dann zusammen, klärt, ob und wie man sich wieder vertragen könnte, oder wie man die Scheidung möglichst ohne Gerichtsverfahren und ohne Stress und gegenseitige Schuldzuweisungen über die Bühne bringen kann."

„Ich höre nur Schuldzuweisung. Dass ich nicht lache, der Saukerl springt mit seiner Arzthelferin in die Kiste. Noch dazu mit einer türkischen Schlampe."

„Als Anwalt verstehe ich ihre verletzten Gefühle. Kein Mensch will hintergangen werden. Aber ich empfehle Ihnen, wenn es vor Gericht gehen sollte, auf solche Wörter zu verzichten. Wenn Sie sich für unsere Kanzlei entscheiden, wollen wir schließlich das Beste für sie erreichen. Und das geht am besten mit Zurückhaltung".

„Eigentlich bin ich nur sauer und wünsche meinem Mann jedes nur denkbare Unglück. Aber wenn Sie meinen. Sie sind schließlich der Fachmann und Sie haben im Internet sehr gute Beurteilungen."

Dr. Strasser wollte auf diesen Punkt nicht näher eingehen, da einige Beurteilungen verdächtig ähnlich aussahen. Wenn die Damen es wünschte, würde er auch vor Gericht ziehen, den Streitwert in die Höhe und die Verfahrensdauer in die Länge ziehen. Er war nicht abgeneigt, viel Geld zu verdienen. Andererseits war so ein Rosenkrieg immer lästig.

„Wenn Sie uns eine Vertretungsvollmacht ausstellen wollen, müssen wir erst einmal den Fragebogen ausfüllen. Ist ihr Mann", er blickte kurz auf die teure Kleidung der Klientin, „ein vermögender Mann?".

„Er ist praktischer Arzt und wir besitzen eine Villa am Robberg. Ich glaube, sie ist zwei Millionen wert."

„Soll ich Ihnen behilflich sein beim Ausfüllen des Fragebogens?"

„Oh ja, gerne. Ich komme aus Weißrussland und habe sehr gut Deutsch gelernt, aber diese Fragen verstehe ich nicht alle."

Dr. Strasser nahm neben Olga Weinlaub Platz. Gemeinsam beugten sie sich über das Papier. Er roch ihr Guzzi-Parfum. Ihr blondes Haar fiel in weichen Wellen über ihre Schulter und berührte ihn sanft. Die Wärme ihres Körpers ließ ihn nicht unberührt.

Für die vielen Fragen, die das Verfahren aufwerfen würde, vereinbarte er mit ihr einen zweiten Termin am nächsten Tag nach Feierabend. Da konnte er ohne Zeitdruck auf sie eingehen.

Napoli

Al Capone hatte seine Pizzeria geschlossen, in Tonis Grill waren die Schaufenster zur Hauptgeschäftsstraße geweißelt. Herbert konnte noch keine Piaggio vermieten, weil er es nicht wagte, sie zu versichern wie im letzten Jahr und dann keine Einnahmen zu haben.

Das „Napoli" in Cala Ratjada, einem Fischerort in Mallorca, hatte geöffnet. Vier Gäste saßen verloren an den Tischen auf der Terrasse. Außer Hilda und ihm Freund, die gestern ihr kroatisches Lokal geöffnet hatten, war ein älteres spanisches Paar mit einem kleinen Pinscher sowie Eva-Marie Wuttke und ihr Freund Juan Alvaro anwesend. Nun, Eva hatte Juan erst gestern an der Uferpromenade kennen gelernt, als sie die beiden Mädchen auf dem Spielplatz beschäftigt hatte und danach eine Zigarette wollte. Juan gab ihr Feuer.

„Wir haben hier monatelang einen kompletten Lockdown gehabt. Die Arbeitslosigkeit ist inzwischen so hoch, dass ein paar arme Frauen, die keine Unterstützung bekommen, in Palma sogar als Prostituierte arbeiten."

„Juan, das ist ja furchtbar. Ich habe gedacht, ich bin hier im Land der Glücklichen. Nur zwanzig Inzidenz."

„Dafür haben wir hart gekämpft. Endlich kommen die Touristen wieder. So wie du und deine Töchter."

Juan Alvarez war monatelang arbeitslos gewesen und hatte nun einen Job als Gipser gefunden, aber nur stundenweise. Genug Zeit, um den Rest mit Eva-Marie zu verbringen.

„Ich finde es unverschämt wenn in Deutschland erzählt wird, unsere Inzidenzzahlen seien gefälscht. Wie kann er so etwas über die spanische Regierung sagen. Wir sind doch auch EU."

„Eh aqui a Cala Ratjada solo tres hoteles son abiertas!", mischte sich der Mann vom Nachbartisch ein.

„Yo comprendo aleman, perdon."

„Was hat er gesagt?", fragte Eva nach.

„Er sagt, hier haben nur drei von dreißig Hotels offen und die sind nur zur Hälfte voll."

„Dass hier nicht der Bär tanzt, habe ich gleich gemerkt. Die meisten Geschäfte sind zu und auf den Autostraßen kann man spazieren gehen."

„Normalerweise sind im Sommer eine Million Deutsche hier. Im Moment sind es vielleicht fünfzigtausend."

„En la tarde los restaurantes deben cerrar a las cinco!"

„Er sagt, außerdem müssen alle Restaurants um fünf Uhr zumachen, obwohl dann normalerweise erst das Geschäft losgeht."

Die Sonne schien, der kalte Wind verblies jedes Aerosol in Sekunden. Aber die deutsche Presse schien das Schlimmste von dem Ansturm von Touristen zu befürchten.

Eva-Marie las in der Zeitung, das beste System gegen Corona sei die Abwehr des Körpers. Sie schaute nach ihren Kindern, die Pommes mit Majo in sich hineinschaufelten. Das musste die gesunde Seeluft sein. Sie lächelte ihren Juan an. Dieser erste Urlaub ihres Lebens, den sie sich von dem Geld des Jugendamtes leisten konnte, war das Schönste, was sie bisher erlebt hatte.

Das Würfelspiel

Im Polizeirevier wurde gewürfelt. „Es geht nicht anders", sagte Inspektor Steiner, „irgendjemand muss an den FKK-Strand. Vogler ist von dort losgeschwommen. Wir müssen wissen, ob es eine Spritze gibt, irgendwo versteckt unter einem Stein oder einer Hecke und welche Fingerabdrücke darauf sind."

Kerstin Greiner, warf eine sechs und war damit außen vor. Schließlich war es Edgar Rind, der eine eins würfelte.

„Ich geh da aber nicht nackt hin!" protestierte er „und auch nicht allein".

Kerstin bot an, ihn zu begleiten. Zu zweit wären sie unauffälliger. Sie könnten vortäuschen für ein Grillfeuer die Umgebung nach Ästen zu durchsuchen.

„Und außerdem bekleidet!"

Steiner nickte.

Allgemeines erleichtertes Gelächter.

Polizei und FKK

Kerstin Greiner und Edgar Rind steuerten im Zivilfahrzeug den Parkplatz beim Sulzbacher Fußballverein an. Beim FKK-Strand ließen sie sich im Gras auf der mitgebrachten Decke nieder. Sie blickten erst auf den See, als ob dort gleich Nessie auftauchen würde, dann wagten sie vereinzelte Blicke auf die Freiluftfans. Niemand hatte sie beachtet, obwohl sie Badekleidung trugen.

Ein Mann unterhielt sich mit einer Frau angeregt über Corona, ein langhaariger Mann spielt auf einer Leier, drei Frauen teilten sich einen Kartoffelsalat mit Würstchen, ein Pärchen schwamm aufs Wasser hinaus. Eigentlich ging es hier ganz normal zu, nur dass alle nackt waren.

Dann vertieften sie sich in ihre jeweilige Lektüre. Sie mussten noch warten. Aus Langeweile sind Edgar und Kerstin sogar abwechselnd schwimmen gegangen. Wenn sie an den Grund ihres Auftrags dachten, wurde ihnen das Wasser unheimlich.

Als sie an der Badestelle endlich allein waren, begannen sie mit ihrer Suche. Wenn hier jemand etwas verstecken wollte, gab es nicht viele Möglichkeiten: ein flacher Stein, ein hohler Baum, ein

Brombeerbusch. Nach einer halben Stunde rief Rind:

„Kerstin, schau dir das einmal an!".

Er hatte eine Tupperdose gefunden. Darin befand sich, in ein goldgelbes Halstuch gewickelt, ein Buch mit einem Umschlag im Paisley-Muster. Voglers Name stand auf der zweiten Seite. Es handelte sich um Herrmann Hesses „Siddhartha", ein Buch, das zu Hippie-Zeiten in Mode gewesen war.

„Muss das auch in die Kriminaltechnik?" fragte Kerstin.

Todesursache

Auf dem Buch waren Fingerabdrücke von Martin Vogler. Die Staatsanwaltschaft beendete ihre Ermittlungen wegen des Mordverdachts durch eine Spritze. Die Menge an Midazolan konnte man wegen der geringen Menge als Ursache ausschließen. Man ging nun davon aus, dass Vogler an einer Unterkühlung gestorben war. Er ist sanft hinausgeschwommen in das 14 Grad kalte Wasser. Irgendwann hatte sich sein Herzschlag verlangsamt, sein Gehirn hatte nach und nach den Dienst eingestellt. So einfach war das zu erklären.

Oder doch nicht? Welches Motiv hatte er, ausgerechnet bei der Kälte so lange schwimmen zu gehen? Wer kannte schon das Herz eines Menschen?

Ein Hauch von Liebe

Olga gab sich alle Mühe. Sie hatte Rindergulasch mit selbstgemachten Spätzlen gemacht. Dazu gab es Feldsalat und eine Mousse dazu.

„Hattet du einen anstrengenden Tag?", fragte sie, während sie ihm ein Glas von dem vollmundigen Primitivo einschenkte.

„Ja, ganz gut".

Sie warf ihren Charme in die Waagschale.

„Ich verstehe, dass dich so ein junges Ding anmacht. Das geht vielen Männern so in der…"

Sie vermied das Wort Midlife-Crisis. Es sollte ein durchweg positives Gespräch werden. Sie roch nach dem teuren Parfüm aus der Douglas-Boutique in der Leopoldstraße, das er immer so gemocht hatte.

„Ich will dir nicht wehtun Olga. Aber das ist keine Affäre."

„Aber was soll es denn sonst sein. Ich sehe doch, wie du ab und zu hinter den Frauen herschaust. Aber du hast dich nie ernstlich für sie interessiert."

„Doch, diese junge Frau interessiert mich wirklich."

„Willst du jetzt plötzlich alles hinwerfen, was wir uns über die letzten zehn Jahre aufgebaut haben? Denk daran, die schönen Urlaube, die vielen Freunde, unsere schöne Villa hier. Und mich willst du ablegen wie einen alten Schuh? Erwin, du weißt doch, was ich für die empfinde. Überlege es dir doch noch einmal."

Erwin lächelte Olga traurig an. In seinem Lächeln war Sympathie und kein Hauch von Liebe.

Ist Herrenalb attraktiv?

Weinlaub glaubte nicht an die Vorsehung. Vielleicht eher an glückliche Zufälle. Oder das Unterbewusste war einfach auf ein Problem fixiert und suchte nach Lösungen. Als er nach Dienstschluss noch einmal das Wartezimmer überblickte, sah er unter dem Gummibaum eine Ausgabe der BNN, schon einige Tage alt.

„Das Thema der hausärztlichen Versorgung brennt Bad Herrenalb seit langem unter den Nägeln. Zwei langjährige Allgemeinmediziner sind jetzt in Ruhestand getreten."

Bad Herrenalb, Kurstadt, nicht der Nabel der Welt, aber angenehm gelegen, Kurparkkonzerte, der Verein für Ganzheitsmedizin mit seinen jährlichen Veranstaltungen, der Kurpark, die Wanderwege. Eigentlich nicht abwegig.

Im Sprechzimmer leerte Alischa die Spritzenbehälter und füllte die sterilen Tupfer nach.

„Alischa", rief er, und sie erschien an der offenen Tür. „Was hältst du von Herrenalb? Wir müssen hier weg, ich halte den Druck nicht aus. Aber mit dir, in einer neuen Praxis, in einer schicken neuen Wohnung mit Blick auf den Kurpark, wäre das nichts für uns?"

Alischa nahm ihm die Zeitung aus der Hand und warf sie in den Papierkorb. Sie küsste ihn.

„Ich gehe mit dir überall hin. Und nach Herrenalb sowieso. Das ist nah. Ich bleibe im Kontakt zu meiner Familie und du hast ein Einkommen. Das ist genug Glück für uns beide."

Auf dem Weg zum Friedhof

Der Friedhof liegt an der Durlacher Straße, gegenüber der Kaserne. Früher gab es an der Ecke einen Gourmet-Laden war, in dem Kochbücher neben edlem Käse und ungewöhnliche Kaffeesorten neben Quarktorte angeboten wurden. Jetzt sind hier drei neue Häuserblocks entstanden: Weiß und grau, quadratisch praktisch und viergeschossig. Todschick. So ähnlich wie im Albgrün. Hinter den Neubauten liegt die Adolf Kolping Straße. Dort soll auch gebaut werden.

Adolph Kolping (1813-1865) - Wegbereiter für die katholische Sozialbewegung und Vorbild für uns heute. Der Gesellenvater, selbst ehemaliger Schuhmacherlehrling, half Handwerksgesellen durch bezahlbare Wohnheime.

Die Baugenossenschaft hatte achtzehn Familien preiswerte Wohnungen zum Sozialmietensatz geboten. Die beiden Wohnblöcke in der Adolf Kolping Straße sollen abgerissen werden, obwohl diese Häuser sehr gut gedämmt wurden. Viele Briefkästen waren mit Panzerband verklebt und zeigten an, dass hier keiner mehr lebte.

Die Mehrzahl der ehemaligen Mieter waren tatsächlich bereits weggezogen und müssen um dreißig Prozent höhere Mieten bezahlen.

Aber Greta Ernst hielt mit zwei anderen Familien die Stellung und klagte vor Gericht gegen die Baugenossenschaft, die dem Grunde nach die Organisation der Adolf Kolping-Familie sein sollte.

Gespräch mit Greta Ernst.: „Wenn ich den Prozess verliere, muss ich im September ausziehen. Glücklicherweise klagen wir zu dritt. Das macht es billiger."

„Und wohin, in diesem teuren Pflaster?"

„In Ettlingen kostet eine Mietwohnung meistens über zehn Euro pro Quadratmeter. Bei fünfzig m² Wohnfläche, die ich brauche, kann ich das vergessen. Ich habe achthundert Euro Rente."

„Haben Sie sich schon umgesehen?"

„Sicher, ich habe schon zehn Bewerbungen geschrieben, aber ich bin entweder zu alt, mein Grundeinkommen ist zu gering oder sie stören sich an meinem Klavier."

Frau Ernst schwenkt ihre Gießkanne. Ein melancholisches Lächeln liegt auf ihrem Gesicht.

„Hier hatte jedes Haus einen Garten. Aber bei den Neubauten werden alle Quadratmeter zum Bauen ausgenützt."

Sie zeigt auf den liebevoll gepflegten Garten hinter dem Haus, gegenüber den klotzigen Neubauten an der Durlacher Straße.

Stille Trauer

Am 15. September 2020 wurde Martin Vogler unter Corona Bedingungen auf dem Ettlinger Friedhof beigesetzt. Trotz des öffentlichen Interesses waren nur wenige Menschen erschienen. Das milde Wetter mit dem strahlendblauen Himmel passte nicht zu dem traurigen Anlass. Die Kiefern rauschten leise im Wind, die Tränen der Gäste trockneten schon auf dem Weg zum Ausgang.

Voglers Sohn war stinksauer. Als er einen englischen Impfnachweis entdeckt hatte, setzte er alle Hebel in Bewegung, um zu erreichen, dass eine neue Obduktion des Hirns gemacht wird. Er hatte keine Chance. Die Staatsanwaltschaft, die Gerichtsmedizin – alle lehnten ab.

Vogler hätte das geahnt, aber der war tot.

Idylle

Bald danach zog Dr. Weinlaub nach Bad Herrenalb in das neue Wohnviertel am Anstieg Richtung Loffenau. Alischa hatte ein paar Kleidungsstücke und ihre Bücher beigesteuert. Den Rest der Möbel wollten sie gemeinsam aussuchen. Der Transporter musste nur einmal fahren.

Einige Jahre später hörte man lautes Kindergeschrei am Bottenbergweg. Eine Initiative junger Eltern hatte einen kleinen Waldkindergarten gegründet, unterstützt von der Evangelischen Kirche. Die Kleinen sollten lernen, mit der Natur im Einklang zu leben, kleine Gärten zu pflegen und am Lagerfeuer zu singen.

Vielleicht wuchsen hier Kinder auf, die es später schaffen können, das Klima zu retten. Die

Kinder fühlten sich wohl. Dr. Erwin Weinlaub wurde ein guter Familienvater, teilte sich die Arbeit mit seiner geliebten Alischa. Er arbeitete nur noch die Hälfte der Zeit und beide engagierten sich bei Greenpeace.

Und so beginnt die Geschichte der Menschheit wieder von vorne.

Sibyllas Nachwort

Niemand beachtet mich. Ohne Begleitung schreite ich durch die Marktstraße in Richtung Martinskirche. Die Kirche ist immer noch ein erhebender Anblick. Was früher die verdammten Franzosen in Brand gesetzt haben, ist inzwischen wieder in einem wunderbaren Zustand.

Der Fachwerkbau gegenüber ist ein Schmuckstück geworden. Eine Gastwirtschaft, wie ich sehe. "Markgrafenstube", eine gute Namenswahl.

Wenn ich mich umwende, blicke ich auf den Georgsbrunnen. Er stellt die Allegorie des Kampfes mit dem Drachen dar. Für mich ist das ein persönliches Symbol. Ich habe mich immer als Sünderin gesehen, Sünderin gegen das Fleisch, mit zehn Kindern, die meisten im Kindesalter gestorben. Das ist ein trauriges Kapitel.

Verzeihung ich habe mich nicht vorgestellt. Mein Name ist Sibylla Augusta von Sachsen-Lauenburg. Sie kennen vermutlich nur die Sibylla Straße oder die Sibylla Apotheke beim ehemaligen Stadttor.

Alle zehn Jahre werde ich aus dem Tiefschlaf geweckt, immer wenn sich der 10. Juli 1733 jährt, mein Todestag. Ich freue mich immer darauf. Jetzt zum Beispiel, dass der Narrenbrunnen noch fast an der alten Stelle steht. Der Narr als Herrscher mit Zepter, ein Hinweis auf die Vergänglichkeit alles menschlichen Tuns. Zu meiner Zeit nannte man das „Vanitas". Das gefällt mir. Ich habe viele Wallfahrten nach Einsiedeln unternommen, damit mir das Himmlische Paradies sicher ist. Aber mein irdisches Leben bescherte mir den Verlust mehrerer Kinder, den Tod meines geliebten Ehemanns, den Spanische Erbfolgekrieg.

Ooh, wenn ich daran nur denke...

Aber die Spuren meiner Spendenfreudigkeit kann ich heute noch sehen in dem Rokoko-Schloss, das ich wieder aufbauen ließ, nachdem Franzosen es 1689 mitsamt der Stadt Ettlingen komplett zerstört hatten. Das Schloss, selbst mit der neuartigen Trompe-d'oeil Bemalung des Schlosshofs, ist mir immer lieb gewesen, vor allem der Asamsaal mit dem Deckengemälde, das den Blick in den Himmel freigibt.

Heute habe ich Freude daran, mich an all die Kapellen, Eremitagen, Schlösser zu erinnern, die ich zu Lebzeiten in Auftrag gegeben habe. Was mir geblieben ist, war mein Glaube und mein böhmisches Geld. Der blöde Kaiser hat mir nicht geholfen, als mein Mann starb. Er hat gesagt, ich soll eben nach Böhmen zurückkehren. Wenn mich einer unterstützt hat, dann war das Prinz Eugen.

Während ich den heiligen Nepomuk auf der Rathausbrücke grüße, erinnere ich mich meiner frühen Jahre. Mit fünfzehn wurde ich vom Markgraf von Baden geheiratet, aus Liebe. Er hat mich gegen den Wunsch des Kaisers meiner älteren Schwester vorgezogen.

Als mein geliebter Mann an einer Kriegsverletzung starb, habe ich das Regieren übernommen. Ettlingen florierte, ich sorgte für die Armen, betete für die Reichen, ließ bauen. Die Hofhaltung hat mich nicht so interessiert. Aber immerhin habe ich es mir wohnlich gemacht in grünen und blauen Zimmern, mit einem Hofgarten bei der alten Stadtmauer. Heute gibt es neben dem Marstallgebäude einen Rosengarten. Gefällt mir sehr!

An der Seminarstraße stolpere ich über das Kopfsteinpflaster auf das Spital zu. Hier haben dank meiner Hilfe die Alten und Kranken eine Zuflucht gefunden. Was wohl heute in dem Gebäude drin ist?

Hier in der Hirschgasse haben mein Mann und ich früher ein paar Musterhäuser mit Rundbögen erbauen lassen. Es hat sich alles gut gehalten in den letzten 10 Jahren. Die Stadtmauer im Osten ist ein wenig durchbrochen. An der Brücke ist das katholische Gemeindehaus einer Wohnanlage gewichen. Nicht ganz mein Geschmack, aber der ist ja nun schon fast dreihundert Jahre alt. Kein Wunder, dass mir das merkwürdig vorkommt. Aber ganz ansehnlich. ...

Was sein muss, muss eben sein. Das Geflattere der Plastikplanen an dem Gerüst der Martinskirche ist wenigstens nicht so unheimlich laut wie der Teufel, wenn er an Weihnachten um den Turm der Martinskirche herumsaust.

Heute ist vieles besser. Vor allem gibt es keinen Krieg mehr. Schon ziemlich lange sogar!

Keiner kann mich hören. Keiner kann mich sehen. Als Geist hat man eben nicht nur Vorteile.

Personenregister

Martin Vogler, Reporter,
Erwin Weinlaub, Arzt
Olga Weinlaub, seine Frau
Wilhelm Weinlaub, sein Vater, Arzt in Ruhestand
Gerda Klein Arzthelferin
Gesine Felder, Arzthelferin
Leyla Dimiglu, Putzkraft
Achmed Dimiglu, Techniker, ihr Mann
Alischa Dimiglu, ihre Tochter, Arzthelferin
Kurt Breitling, Rentner
Edgar Rind, Polizeihauptwachtmeister
Ralf Meier, sein Assistent
Dieter Barendt, DLRG
Stella Kurz, Schwimmerin und Box-Weltmeisterin
Inspektor Steiner, Chef der Polizei
Kerstin Greiner, Anwärterin
Dr. Bernhard Sauer, Pathologe
Dr. Geisler, Hausarzt
Richy, Reichsbürger
Herr Arnold, Oberbürgermeister
Semmelweiß, Facharzt für Naturheilkunde
Peter Schorf, Flaschensammler
Frau Bilger, Modehaus Streit
Eva-Marie Wutke, Harz-IV-Empfängerin

Dr. Strasser, Rechtsanwalt
Manfred Trietscher, Sportschütze
Joachim Schreyer, Kunstmaler
John Dipster, Vertreter der Firma Molex, Michigan
Augusta Sibylla, ehemals als Witwe des Markgrafen Ludwig Wilhelm Regentin von Baden-Baden und Wohltäterin der Stadt Ettlingen

Belletristik von Hans Poignée

Der Marabut, Novelle, über den Autor beziehbar

Xray-Yankee-Zulu, Politischer Thriller : BoD - Verlag

Die sieben Leben des Albert Lejeune, Schelmenroman: Bod-Verlag

Handbuch für Betrüger und Hochstapler, Satiren, Bod-Verlag, vergriffen

Danksagungen

Dieter Behringer, für Informationen über die Gemeinderatsarbeit

Dem Stadtarchiv Ettlingen für die historischen Unterlagen aus der BNN.

Herrn Oberbürgermeister Arnold für sein Verständnis für meine Art, Dinge zu benennen, nämlich manchmal auch die Fakten künstlerisch zu verändern.

Der Landtagsabgeordneten der Grünen, Frau Saebel für Auskunft über die Wasserqualität in Ettlingen

Borghild Wicke-Schuldt für das einfühlsame Lektorat

Meiner verstorbenen Frau, die mir ermöglichte, über wahre Liebe zu schreiben.

Inhalt

Hans Poignée lebt seit 60 Jahren in Ettlingen. Er arbeitete als Briefträger in Ettlingen-West und als Taxifahrer, später als Jugendsozialarbeiter, Sonderschullehrer und Heilpraktiker.